水国秋风夜

宁永忠 —— 著

知识产权出版社

图书在版编目（CIP）数据

水国秋风夜 / 宁永忠著. — 北京：知识产权出版社，2019.1
ISBN 978-7-5130-5812-4

Ⅰ.①水… Ⅱ.①宁… Ⅲ.①散文集-中国-当代Ⅳ.①I267

中国版本图书馆CIP数据核字（2018）第204531号

责任编辑：李小娟　　　　　　　　责任印制：孙婷婷

水国秋风夜
SHUIGUO QIUFENGYE

宁永忠　著

出版发行：	知识产权出版社 有限责任公司	网　　址：	http://www.ipph.cn
			http://www.laichushu.com
电　　话：	010-82004826		
社　　址：	北京市海淀区气象路50号院	邮　　编：	100081
责编电话：	010-82000860转8531	责编邮箱：	lixiaojuan@cnipr.com
发行电话：	010-82000860转8101	发行传真：	010-82000893
印　　刷：	北京虎彩文化传播有限公司	经　　销：	各大网上书店、新华书店及相关专业书店
开　　本：	720mm×1000mm 1/16	印　　张：	16.75
版　　次：	2019年1月第1版	印　　次：	2019年1月第1次印刷
字　　数：	260千字	定　　价：	58.00元

ISBN 978-7-5130-5812-4

出版权专有　侵权必究
如有印装质量问题，本社负责调换。

永忠名联

幽依潭底千年影
澜共云卷一线秋

戊戌刘纬国

霜风六载苦
棉盛千年荫

　　　　　父亲姚荒 字

果然夫子　名下无虚
飘逸清远　契理随性

　　　　　母亲闫海芳 字

人未醒，梦将残，残生有卿，此情可赖。
　　　　　妻杨玲 字

前　言

感谢您的翻阅！

这是一本私人的记忆，没有多少文学意义，也几乎没有历史价值，如果让您失望、放下、离去，这是正常——完全不必介怀，你我相忘于江湖！

我喜欢文字和文学，所以偶尔涂鸦。工作后，有时会结集给朋友、给家人看。比如之前曾经结集为《登舟望秋月》——没有出版，自己印了，送亲人、朋友以资开心。此处则是《水国秋风夜》。

水国秋风夜，殊非远别时——这是李白的名句。当时要给书起名字，正好手边有《唐人万首绝句选》（齐鲁书社，2009年版），我让妻子随意说了两个数字，对应的一句为题目，得"水国秋风夜"。

内里文字，都出自我手。每天习惯了在微信空间随意书写；偶尔坐在电脑前，"装模作样"地留下一点感受。姐姐、妻子、几个好友与我一起，选择了目前的内容。结集后，有部分的文字予以修改。

喜欢文学的人，都有一点傻气，我也如此——类似"人生自是有情痴，此恨不关风与月"。我自己写的东西也是直抒胸臆，是刹那间的喷涌与柔波，不为迎合、不必虚伪，可能不太美，愿留一份真。由此，"直须看尽洛城花，始共春风容易别"。愿您懂得！感谢您懂得！

希望我的亲人、我的朋友、关心我的人和您，能够喜欢此书，这里有我的真实与感怀；而不喜欢我的人，也可以看一看，也许，这样会给您留下不一样的印象，也许，您会觉得，这个人不高明。在此特别感谢为本书题写书名的刘绪国（新加坡）先生。

谨此一拜澄怀。

百草园中春依旧
吟眉挽我放眼怀

弟文
周怡陵

恰此时，乡愁是一点淡淡的烛光．
我在这头，先生在那头．

姐 宁丽群 字

耳听了雨喧

心放了云端

女儿 宁吉康 字

目　　录

第一部分　诗歌、对联等 ·· 001
　　致协和医院细菌室 ·· 001
　　相逢——致玲 ··· 001
　　此生——致玲 ··· 001
　　青岛外岛 ·· 002
　　谜语 ··· 002
　　端午 ··· 002
　　无题 ··· 003
　　逢教师节、中秋节双节 ·· 003
　　长沙 ··· 003
　　辛卯年冬于姑苏 ·· 004
　　暖暖周岁，逢小雪节气，家人同贺 ································ 004
　　赠药师 ··· 004
　　中秋诗 ··· 005
　　恭贺付任两府联姻大喜 ·· 005
　　巳端午　卜居 ··· 005
　　之二　忆屈子 ··· 006
　　无题 ··· 006
　　孔林见子贡植楷 ·· 006

子贡植楷	007
绍兴八首	007
赵	009
上课竟逢颂雨	009
夜降春雨	009
云雨	010
北京暴雨	010
抗日	010
早起	010
思念	011
我姐去北海赏荷	012
和《孤独》	012
孤独	013
中元	013
雨	014
对句	014
对句	015
贺柳清新婚	015
秋	015
包头	016
读帖遇到美句如下，特补来世、三生	016
读《心经》和之	016
读林徽因诗《无题》	017
对联	017
好友秀菊花	017
偶感	018
读林莽《雪一直没有飘下来》	018

目　录

听《为你读诗·一切都与你有关》 …………………………………019
读木心《是爱》 ……………………………………………………019
病例讨论，王一民老师希望患者理解 ……………………………020
"文化大革命"邮票 …………………………………………………020
读林徽因 ……………………………………………………………021
小诸葛 ………………………………………………………………021
夜深回家 ……………………………………………………………022
开往春天的红 ………………………………………………………022
读美句 ………………………………………………………………023
午夜胡乱想 …………………………………………………………023
五哥游记读后 ………………………………………………………024
祭奠刘兄 ……………………………………………………………025
致敬几位专家 ………………………………………………………025
微光 …………………………………………………………………026
秋雨 …………………………………………………………………026
月 ……………………………………………………………………027
中秋节 ………………………………………………………………027
秋容 …………………………………………………………………028
寒露 …………………………………………………………………028
九九漫步西湖 ………………………………………………………029
读《检验医学说》有感 ……………………………………………030
午&夜 ………………………………………………………………030
拟芹笔意 ……………………………………………………………031
我&梦 ………………………………………………………………031
节逢立春 ……………………………………………………………032
怀念 …………………………………………………………………032
无题 …………………………………………………………………032

试改纳兰词	033
满庭芳　文史	033
南楼令	033
无题	034
孤独	034
读仓央嘉措	035
偶题四首	035
母亲	035
同殇	036
流连	036
梦莹	036
蝶恋花　任事	037
520之思	037
读《有人听见你的名字,突然开始哭泣》	037
好友伤秋,不禁感念,怃然歌之	038
无题	038
无题	039
鲁迅公园	039
桂枝香　徐州	039
致北医,我的母校	040
无题	040
悲寂	041
大千之兰花	041
牡丹梦	041
八声甘州　八周	042
徐至魔	042
听桑吉平措《睡莲》,看宝宝睡态,满足	043

目 录

秋题三首 ·· 044
晨安 ··· 045
惦念晚归，伤怀屠戮，一时寂寥悲欢 ··················· 046
梦馨 ··· 046
《为你读诗》听后 ····································· 047
大雪无雪，有感何感 ·································· 048
生&迩 ·· 048
随题 ··· 049
今夜……余光之中 ······································ 050
附一首 ··· 051
偶得 ··· 051
三姐姐在深圳工作 ····································· 053
陪宝宝睡 ··· 054
距离 ··· 055
百转千回 ··· 056
同学聚会 ··· 056
许许之诺 ··· 057
相逢 ··· 058
祝福 ··· 059
无题 ··· 059
理性 ··· 060
读余秀华《用一个夜晚怀念你》 ························ 061
幽远集十七令 ··· 061

第二部分 短 文 ······································ 067
我的文字缘 ··· 067
爱情——对木心一首诗的理解 ··························· 071
我要"杀人"——致检验系的兄弟姐妹 ····················· 082

v

青年们，节日快乐！——致检验系的弟弟妹妹们 ………………099

爱情三境界——给医学实验班2011级 ………………104

我的文学观——应征抗日诗联的随想 ………………108

枯萎的松树 ………………120

论文首 ………………123

互联网时代的新文体 ………………127

读《大国盛衰的逻辑》 ………………129

南京 南京 ………………133

读海防海权帖 ………………143

中华文明基本脉络 ………………144

老钱讲鲁迅：医学即人学 ………………146

迷茫的对话 ………………148

油画欣赏 ………………150

情人节 调侃情人过节 ………………151

三八何谓 ………………153

东西方节日 ………………155

汪国真先生逝世 ………………157

夹缝 ………………161

母亲节 ………………163

咏夜 ………………165

云 ………………166

Flag Day ………………169

任性的雨 ………………171

夏至诗词天地：夏至已至，诗词雅集 ………………172

大同和云冈石窟 ………………174

豆腐 ………………177

吃饭大学 ………………178

树	180
晨早	181
绿的味道	182
爱情箴言	183

第三部分 夏的每日修 …………………………185

食	185
行	187
志	188
佛	189
生	190
夏	191
诗	192
情	193
书	194
痴	195
寿	196
貌	197
护	198
念	199
蓝	200
来	201
病	202
行	204
推	206
满	208
纯	209
巧	211

读	212
女	213
孝	215
棋	217
粽	219
笑	221
儿	223
瘾	224
考	225
花	226
梦	227
忘	229
月	231
解	233
误	234
羽	236
父	237
吵	239
恶	241
常	243
后记一	245
后记二	247
后记三	249

第一部分 诗歌、对联等

致协和医院细菌室

2006年春

协理阴阳,和合内外。
细入腠里,菌亡人泰。
领新标异,秀外慧心。
中州春满,华枝月馨。

按:首字是"协和细菌领秀中华"。

相逢——致玲

2007年春

梦里依稀谐卿舞,世外分明铸繁华。
由来此生多风雨,草香酒洌且由他。

此生——致玲

人未醒,梦将残,残生有卿,此情可赖,想来人生也很可爱。
运何求,生有道,道既逢缘,彼意相托,岂管世上如何评说。

青岛外岛

2008 年春

水灵山岛秀天边,心仪神方不惧颠。
雾云飘缈知何处,怡然忘忧松海间。

谜　语

2009 年 3 月 14 日

织如蝉翼众人夸,黄金海岸逐浪花。
暮雨晨风穿林过,西施水畔浣精华。

——打一同事名字(谜底:沙莎)

端　午
用《寒食》韵,赠伯章老

2011 年端午

春日雨霏润繁花,端阳风艳拂柳斜。
故宫人去无一烛,新宇月还有万家。
屈子国难生死赴,展旌龙舟往来发。
楚事千年思忠意,白发垂髫乐粽瓜。

无 题

2011 年 8 月 5 日

寻常辛苦点滴扬,字句读来血汗藏。
悲喜无端曾幻灭,中西有意尽医良。
指南本欲穷文献,循证随机去主张。
石破天清华场散,平生岂负病躯忙。

逢教师节、中秋节双节

2011 年 9 月 10 日

欣逢双节,满心欢喜,诗以记之。并致师长诸友好,谨愿节日快乐,百事随心。

秋高季暖艳阳天,气朗风清皎月鲜。
乐道尊师人重序,安伦敬祖我从先。
也经雾雨阴晴或,终在田园老少间。
并续兼收洋古睿,神州尽享路宽延。

长 沙

2011 年 10 月 24 日

才知南岳具手足,山水洲城看秋图。
教古赫曦朱张渡,革新爱晚蔡黄庐。
云飞雁影洞庭外,浪起舟形大江忽。
寥廓襟怀谁与共,松旁古刹伴诗书。

辛卯年冬于姑苏

2011年11月19日

曾随雪芹梦阊民,冷月疏雨住盘门。
草望莺飞吴郡秀,风摇贝静太湖痕。
留园至乐难留我,妙利普明未妙魂。
勾践泰伯千古事,陆龟伯虎乐江村。

暖暖周岁,逢小雪节气,家人同贺

2011年11月23日

小雪节逢天意晴,棠棠乐享岁一龄。
唇亲母乳呢喃语,手把床沿摇摆行。
古令抓周仁济谶,今俗敬鲁幸福情。
此生谨愿平安度,渐识之无自有成。

赠 药 师

2012年7月18日

2012年悄然过半,记忆的心湖留下点点涟漪。
  花开任雨濛,楚去吴晓平。
  彦文流小汇,习武庆真情。
  洪范峥嵘是,丁寅女儿婷。
  一笑脱名富,春行正盈盈。

按:2012年上半年来我这里一起学习的药师5组9人。他们分别是郑行春、席庆、丁寅子、范峥、张彦文、刘小会、任雨萌、脱鸣富、吴晓平。

中秋诗

2012年10月1日

龙年中秋,携妻女拜见岳丈,顺游沂蒙,学中秋历史有感而作。祈祷华夏平安兴盛,恭祝双节快乐。

周礼春官始仲秋,迎寒夜鼓幽诗悠。
风流魏晋南朝月,墅莅宋唐中土休。
幸至团圆吃月饼,人经离散忆时馐。
而今我历西元日,纽带中华乐无忧。

恭贺付任两府联姻大喜

2012年10月29日

付丙金黄秋日旸,喆星高照印节祥。
雨酥春润人间色,萌动英勃天地长。
新妇婷婷贤淑慧,婚男焱焱智仁强。
快言温语姑婆意,乐享亲昵燕侣翔。

按:首字是"付喆雨萌新婚快乐"。

巳端午 卜居

2013年6月11日

浴蓝天乍暖,角粽酒尊清。
锦榴鲜花耀,红丝玉臂莹。
身离庙社选,意浸诗书汀。
人已沈江去,招魂启后生。

之二　忆屈子

贪婪昏聩楚怀亡，国破心凉汨罗江。
渔父一言情何苦，灵均万载志弥强。
黄梅艾虎兰节至，天问离骚奠酒香。
未醒分明怀古梦，悠悠见我对南窗。

无　题

2013年8月21日

读《南方周末》马云龙1976年6月30日诗，和作一首。

隔绝人世久，古井寂无澜。
坐暖半席地，望穿一掌天。
铎因舌自破，木以材遭残。
万事东流水，多情惟小蛮。

糊涂人事久，怀井寂无澜。
思接千载外，眼观一线天。
通辽寰宇阔，澹静素心禅。
万般随流水，且对曹阿瞒。
　　　　　　——马云龙

孔林见子贡植楷

和施润章诗

2013年10月30日

皆云子贡植，楷枯留至今。

古树存清影，雕根幻人心。
霜风数载历，柏盛千年荫。
诚伴至圣冢，后学一沾襟。

子贡植楷

施润章

不辨何年植，残碑留至今。
共看独树影，犹见古人心。
阅历风霜尽，苍茫天地阴。
经过筑室处，千载一沾襟。

绍兴八首

2014年3月8日

其一　沈氏园

碧草羞红迹斑斓，伤心依旧雨中园。
东风不语情离恨，无限春恩化此缘。

其二　鲁迅故居

当年滴血卖祖宅，今日闻名四海来。
百草园中春依旧，吟眉换我放眼怀。

其三 秋　瑾

女红身源和畅堂,横眉拔剑愧儿郎。
神州自此生机显,鉴湖千顷映初阳。

其四 徐文长

后世传名以文长,当年荣辱正发狂。
淑荷不与达官府,独对青藤笑凄凉。

其五 兰　亭

鹅池浅浅鹅悠然,两晋风流曲水澜。
修禊春来兰同好,书文潇洒作奇传。

其六 周恩来祖居

大国总理小民情,赤子当年翔宇名。
祖坟平去修家谱,春风化雨至人行。

其七 戒珠讲寺

白鹅着意漫吞无,老衲含冤未曾哭。
旨虚翻为虚名累,悠悠万古誓戒珠。

其八 老　巷

一河无街老仓桥,三流八字酒飘遥。

水乡旧间风光好,杏花题扇入梦娇。

赵

2014年3月22日

丛台傲峙嬴秦先,数千年来名竟专。
谁避三舍蹒跚履,梅开二度将相宽。
蟠龙卧虎兵家地,金凤铜爵文事渊。
纸上谈之兴亡满,学步岂敢到邯郸。

上课竟逢颂雨

2014年4月3日

烟花三月天地蕴,满目晴香更春新。
暖暖东风凭燕羽,飘飘红阵俏人心。
长思校苑真情老,无憾青春展翅昆。
今日一逢项颂雨,吉光瑞彩幻纷纷。

夜 降 春 雨

2014年4月26日

昨夜娇儿虎虎言,沉思静悦梦中闲。
槐花香翡春雨后,蚓迹踯躅丽日前。
长短稼轩辛无醉,云霆鹏举岳曾安。
渊源千载风雷事,点点红飘看诗篇。

云 雨

2014年6月7日

昨日忽然云遮天,暴雨如注陆地渊,
一时痴无语、耳听了雨喧、心放了云端。
今晨恍然天锦蓝,空气扑鼻逗新鲜,
驻足驰远目,云去了山间,雨润了海宽。

北京暴雨

朝阳见日,密云方雨,海淀泽国,怀柔广宇。

抗 日

2014年6月13日

千余载友好相帮,几十年争战仇殃。
历苦寒分别崛起,新博弈各自担当。
和为贵忘军为罪,战之伤怀旧之殇。
右翼心人神共晓,中华警奋斗图强。

早 起

2014年7月10日

蓝蓝的天像大海,白白的云似浅滩,
那展翅的鸟儿如海鸥,自由而无忧无虑。
蓝蓝的天像大海,白白的云似浅滩,

那翱翔的飞机如大船,漂泊在漫流急湍。
蓝蓝的天像大海,白白的云似浅滩,
那初升的新日如明玉,耀亮着虚空旷宇。
蓝蓝的天像大海,白白的云似浅滩,
那早起的人儿如游鱼,匆匆却神姿欢愉。

思　念

2014 年 7 月 23 日

思念,就是小孩子想糖果,
在七十年代,我愿意给她,如果我有,
今天,我却不会,为了保护牙齿。
思念,就是身边的人数星星,
如果是宝宝,我会编童话,
如果是少年,建议他学天文。
思念,就是我们盼落雨,
如果在北京,那是奢侈珍贵,
如果在江南,那是司空见惯。
思念,就是我们恋对方,
如果值青春,会相拥而梦,梦里花开,
如果逢年老,如午后盏茶,茶上氤氲。
你的思念在哪里? 在天晴月圆,清光和乐,
我的思念在哪里? 在众心明净,清远偕同。

我姐去北海赏荷

2014年7月27日

夏伏清风少,艳阳蝉声杳。
无心诗书事,有趣莲蓬好。
泽国君子秀,水乡仙娥萧。
一洗烦恼意,且待点雨敲。

和《孤独》

2014年8月3日

人,必须孤独。

成长需要孤独,成长需要阅读。一书一世界,在书香中,与经典的思想碰撞,在翰墨里,与浪漫的经历邂逅,因此,在孤独中茁壮。

成熟需要孤独,成熟需要思考。一思一菩提,在徜徉中,思维因而凌厉,在静寂里,考量进而周密,因此,在孤独中成长、成熟。

丰富需要孤独,丰富必须旅行。人在天地间,客行乾坤厚。背包在路上,大千过眼眸。在放逐自我之中,塑造自我。在孤独前行时刻,一生前行。

深刻需要孤独,深刻爱恋激情。慵懒午后,暖暖阳光,适闲躺椅!逍遥六虚,大河奔流,万载空阔!入木三分,前无古迹,浪漫穿越!狂欢一人,后无来者,坐透障眼!深刻,所以自由没有边界,孤独,进而激昂点燃宇宙。

信仰需要孤独,信仰真诚执着。众生平等,高下以笑对。万物一念,香污尽道行。禅定,此身空寂,此心圆融。涅槃,独自苍茫,任众辉煌!

人,本不孤独,需要孤独。忘了回家的路,漫漫寻找着各自回家的路!

孤　独

作者不详

人，生而孤独。

因为孤独，所以阅读。一书一世界，在经典中，与圣贤灵魂对话，在文学中，体验不同的人生，由此，在孤独中丰富。

因为孤独，所以思考。在思想漫步的花园中，有一种美丽的艳遇，叫邂逅先哲，因哲学而智慧，心灵得以慰藉，世界便变得透明，由此，在孤独中高贵。

因为孤独，所以旅行。人生天地间，忽如远行客。背包在路上，独与天地精神往来，是一种返乡。苍茫之间，哭！恸哭！怆然涕下。由此，在孤独中体悟。

因为孤独，所以发呆。慵懒的午后时光，暖暖的阳光，适闲的躺椅，如庄子般逍遥六虚，坐忘心斋，完成一个人的狂欢。由此，在孤独中释然。

因为孤独，所以信仰。众生平等，相看不厌，无我无法，万物同源。禅定，万籁此俱寂，唯余钟磬声。由此，在孤独中涅槃。

人，本不孤独，只是忘了回家的路。

按：原诗很好。我的是和作，也是改写。原诗有些小瑕疵。比如尾句"本不孤独"和第一句"生而孤独"有些矛盾，当然我们可以以文学意象来理解，但我还是想有所改动。

中　元

2014年8月10日

无觉夏末到中元，却见天心月正圆。
释教盂兰魂有度，习俗祭祖愿能还。
乘风苏子抒情逸，驾鹤弘一救世冤。

万姓观瞻何恳恳,霜辉铧铧耀中原。

微友诗记中元:山之高,月初小。月之小,何皎皎!

笔者和作:云之舒,月已浩。月之浩,何迢迢!露之污,月渐亏。月之亏,何悄悄!

雨

2014年8月18日

雨,丝丝细细,就这样,漫无边际地落着,滴滴敲打着淡淡的思绪。就像那,一望无垠的路,在脚下,始于何时,止于何处?

雨,绵绵阔阔,就这样,氤氲蓊郁地罩着,点点述说着浓浓的思乡。就像那,远连天际的海,在眼前,缘在哪里,界在何方?

雨,缕缕依依,就这样,蚕丝藕线般牵着,软软飘忽着温暖的思情。就像那,透魂摄魄的香,在骨髓,爱有几多,盼有几层?

雨,滴滴答答,就这样,欲语还休地吟着,静静奏鸣着凉爽的和音。就像那,娉婷婀娜的荷,在心头,美有几身,清有几分?

雨……

对　句

2014年8月22日

海鹏:独坐于红尘中,一个人的世界,宛若一座孤独的城。

笔者:行走于闹市口,万个人的交融,恰如一个荒凉的梦。

对　句

2014年8月30日

好友：雷峰塔是人文的，它与湖光山色融为一体，白云与蓝天，碧水与青山，装点钱塘风光。

笔者：瘦西湖是自然的，它与历史文学合为一处，杀伐与柔媚，禅心与诗意，尽显东吴本色。

贺柳清新婚

2014年8月31日

茵茵柳叶羞，滢滢清水流。
羞花爱绵永，印月情芬悠。
执手幸好合，偕老福春秋。
翩然快意足，儿孙乐白头。

按：中间嵌字。

秋

2014年9月3日

许许秋风印秋凉，丝丝秋雨润秋旸。
暖暖秋衣软秋韵，点点秋思镇秋长。
初肃高天云气爽，积缘厚土果瓜香。
登舟一览山河尽，明月端端去秋肠。

包　头

2014年9月10日

赵武灵王筑九原,乾隆早年政开元。
民国竟建飞机场,解放新成重工团。
小布达拉弘佛法,希拉穆仁绕云寰。
德兴烧卖惊希见,大青山前鹿鸣泉。

读帖遇到美句如下,特补来世、三生

2014年10月3日

美句:前世,我为青莲,你为梵音,一眸擦肩,惊艳了五百年的时光。花绵绵而绽,音靡靡而绕,低眉含笑间,谁的深情绚烂了三生石上的一见倾心?今生,你为高山,我为流水,长风为歌,幽弦清音,水流脉脉,岭秀倾情。你一袭洒脱,温柔了我的眉弯,心舟过处,谁的呼唤柔婉了谁的一帘幽梦?

笔者补:来世,我为凤舞,你为鸾歌。相约千载,只为这鸾凤和鸣的缱绻!青莲梵音,高山流水,百鸟朝凤,凰舞九天!两情相悦,融化作两心归一。缘之所衷,谁的牵手证见了红尘滚滚的一诺千金?

三生,我为情痴,你为爱苦。情爱绵绵,只为这刹那间的灵犀一点!一见倾心,一帘幽梦,一往情深,一诺三生!此情是真,此爱可珍,此愿唯贞,此意必臻!命里随卿,谁的情爱幻化作三世坚守的一任传说?

读《心经》和之

2014年10月30日

色不异空,空不异色,色即是空,空即是色,受想行识,亦复如是。

笔者和之：睡不异醒,醒不异睡。睡即是醒,醒即是睡。吃喝玩乐,亦复如是。庄而非蝶,蝶而非庄。庄即是蝶,蝶即是庄。禅哲文史,概而如是;风花雪月,亦复如是;贪邪嗔痴,皆复如是;天地人玄,莫不如是。是耶非耶,是非无分,岂复如是?!

观自在菩萨,行深般若波罗蜜多时,照见五蕴皆空,度一切苦厄。

笔者对：旅觉明沧桑,思及南无阿弥陀佛愿,慈航三生有幸,舍万念红尘。

读林徽因诗《无题》

2014年11月5日

本事为情爱,文字是静守。
钟声若深无,旧痕竟淡有。
人间四月天,黄叶三冬久。
诗出林徽因,意似西昆叟。

对　联

2014年11月8日

上联：柴米油盐茶醋酱,生香活色
下联：之乎者也矣然哉,毓秀钟灵
横批：华人

好友秀菊花

2014年11月22日

氤氲白一抹,分明黄万缕。

摄人心魄紫，惊世寒冬绿。
香风点点醉，花径悠悠履。
此生无俗事，诗酒花伴侣。

偶　　感

2014年11月24日

人有少年痴，曰情。情之所钟，生死不渝。
然情不可多，道家谓，太上忘情。
人有中年痴，曰业。业之所求，唯广唯大。
然业不可强，佛家曰，业障！
人有老年痴，曰呆。呆若木鸡，饱食终日。
然呆不可贪，儒家曰，戒之在得。
人有贪嗔痴，不可不慎。

读林莽《雪一直没有飘下来》

2015年2月5日

树的恋爱是相伴，风是红娘，
围墙上的鸟儿飞去飞回，听到了爱的私语，
花开的季节，每一个走过园子的人都没有感觉到。
人和人不知道怎么相爱，
他们携手牵着比树更远的距离。
雪一直没有飘下来，
铅灰色凝重了很多，瞬间的曾经，
幻想的风铃使激情燃起，

也许那朵朵团聚挤走了天空的高远，
它无法知道水波的暧昧。
也许那时，你已蛰定在云的臆影，
终于，雪一直没有飘下来。

听《为你读诗·一切都与你有关》

2015年2月14日

你在早上醒来，
第一个见的，
是他。
你在中午休息，
第一个想的，
是他。
你在暮色中归来，
坐在屋子里等候的，
是他。
在外面，衣服遮蔽你我，
在家里，屋子遮蔽你我，
在爱情里，你我遮蔽你我。

读木心《是爱》

2015年2月16日

木铎之心，引领美和爱情，
是爱。

木字笔画集,心字笔画散,
结构的内涵与演绎,
是爱。
木者,十字架上的那个人,
是爱。
心者,深山流泉,波澜的悸,
是爱。
木心,
是爱。
爱,已木有心……

按:首层:陈丹青释名。二层:本人释名。三层:一个学者的理解。四层出自木心语:微雨夜,树丛中传来波澜的心悸。轻柔的谈吐,心似深山流泉。结尾:笔者的猜测。

病例讨论,王一民老师希望患者理解

2015年3月21日

几曾知道医家笃,筚路思索褴褛苦。
磨砺金针能度人,明知世人心不古。

"文化大革命"邮票

2015年3月29日

好友:"文化大革命"邮票,作为艺术收藏品,是那个狂热年代的实物见证。当时每套邮票的发行量都是天文数字,至少几千万,"毛主席去安源"更是达到了一个亿,可是,绝大部分都被信件消耗了,留到现在的新票,数量稀少，价格已是不菲。实在是喜欢，收集了很多年了，除了后边的那几张"'文化大革命'四宝"，太贵了至少百万元，其他的争取买齐。

笔者：无论当时是怎样的沧海横流，今人应该记忆、呈现、挖掘、前瞻。一方面把经验教训总结好，对得起未来；另一方面把真实和其中的美记录下来，对得起历史！邮票虽小，却既是实证，也是艺术。方寸之间，天地一览，人心毕现！邮票是那个时代的正能量，承载着很多人的感情联系、时代印痕。对爱好者而言，目光投注怦然心动的瞬间，穿越了艺术，经历了水火，升华了感动，遁离了庸常！一曲时代乐章的余音与回响！

好友：文字真精彩。从没有仔细考虑过这个小爱好有什么意义，经仁兄点拨，瞬间上升到了美学高度。生活可能就是这样，平淡、周而复始，但用心琢摸，还真能品出一番滋味。谢谢！

读林徽因

2015年4月1日

爱就一往情深，如歌韵致。写则洞察人性，美比宋唐。爬上房记录勾画，建筑大学者。过日子一家欢乐，和合小女人。几千年华夏神魄集于一身，前生李清照，来世观音莲。认识了她，就认识了东方，认识了中华。读她的文字，不觉间星移斗转，心静神恬。一语入境幻，行藏天地禅！

小诸葛

2015年4月4日

当年白马入京华，万人空巷。一世元戎辅帝统，万人之上。"二二八"事平息速，万人争睹。老来图圄为国难，万人皆忘。历史不会忘记！

按：此写白崇禧，江湖人称"小诸葛"。

夜深回家

2015年4月10日

是丁香吗？满园子香味扑鼻,伶伶俐俐,融融泄泄,恬恬美美,和和气气。不腻,不艳,不俗,不酽。须得碧青的叶子,藕荷的花瓣才配得上！可惜是晚间,看不太真切！不过这样也好,有了月光则轻盈,没有月光则朦胧,最妙恰在似有若无之间,不必去仔细分明,只用你的鼻息,感觉它的甜软和香远。生活就是这样啊！

想起唐磊的丁香花,想起何炅的栀子花！都不是国色花魁,却别有一番风姿神韵！都不是黄钟大吕,却自带一缕柔美醇和！感觉是通的啊,沉浸时,目之所及,耳之所闻,嗅之所迷,都是一样的美！都是醉了的感觉！那一瞬间,虹起天阔,海静心流,清沁本属,无虑无求！

开往春天的红

2015年5月7日

太阳升起时,我飞驰在大路上由北向南。如果可以,请闭上眼睛。初阳的软红,就像涂抹在眼底的画布。

那时候阳光很柔和,她穿过树木苍郁的臂弯,静静地迎接着我的拥抱。她透过眼幕苍茫的背景,暖暖地投影在湖心的柔波。

只有红,各种红以及红极了而出现的黑。

红很调皮,她变化着身姿丽影,交错着芳步灵韵,与伴侣黑共舞。一帧一帧,有的软软的,是淡粉,不要你感觉她,却又分明的凌触;有的浓浓的,是艳彤,有点霸道,竟也虚幻的飘忽。伴侣黑很厚重,无论情人红如何调皮变换,他总能在一瞬间扣住她的节奏,抓住她的飘缈。总能时时刻刻,欣赏她的酡容,呵护她的羞红。红依赖着黑,却若即若离。黑痴迷着红,始终一往情深。

　　红调配着氤氲的暖色调,随着太阳渐高,这图画如同春天的大地,万物复苏;如同春日的大海,碧波荡漾。在红的暖意中,花开热闹,海到无边。嘘,也不只是暖"洋洋"噢!黑裹挟着春寒,会偶尔莅临。淡淡的,仿佛让你回味,仿佛为了衬托暖的轻灵,又仿佛为了迎合,仿佛为了放纵。渐渐地,他被红融化了!黑在红的海湾中,睡去,安详!心在红的爱抚下,宁静,恬和!

　　红是一个小孩子,她害羞着,她长大了。她摩挲着,她感动了!而红与黑的清欢,是人间有味的厮守相慕!心与目的交互,是竹马青春的自然倾情。

读美句

2015 年 5 月 22 日

　　逢"愿有岁月可回首,且以深情共白头"句,以为极简而至美。不禁涵咏再三、流连忘返。

　　和之:因之兰意携素手,能凭溪鸟见风流。

午夜胡乱想

2015 年 6 月 5 日

　　月掩云舒,星汉黯淡,四野无声,唯蛩续断。夜已深矣,凉透心田。人亦眠长,梦杳怀远!却问仙灵,此生何幻?四十惑也,所为何眩?仙灵笑语,君直无劝。静思细谨,行藏不乱。执着正理,但行天践。稚拙己心,任藏勿现。人生多举,岂能无变?午夜清心,自可无憾。

五哥游记读后

2015年6月12日

　　五哥游记《梦里关山》，其一百转千折，其二山花烂漫，其三千里江淮，其四激箭东归。

　　五哥豪兴，指点江山！小弟不才，联句会意。适逢云美，京都风岚。此处关河，尽在眼底！正是：梦里关山百转折，山花烂漫任婆娑。江淮千里明月夜，激箭东归紫云多。

其一　百转千折

　　　　五哥上下求索，足迹海内海外。
　　　　如今援笔成章，我等拭目以待。
　　　　梦里明月关山，眼前万千感慨。
　　　　文山英迹长留，赤子之心所在。
按：文山即文天祥，五哥非常敬佩文天祥。

其二　山花烂漫

　　　　故国河岳大观，我自信步黄山。
　　　　奇松怪石泉海，云谷始无一端。
　　　　忽见喜鹊登梅，感慨驻足不前。
　　　　健步几近耄耋，昨日潜龙在渊。

其三　千里江淮

　　　　江淮河汉千里，沃野黄花正炽。

当年鏖战戈马,雨雪飘来谁是。
而今漫步苍茫,丹心再问金石。
一轮明月正好,风华梦了童子。

其四　激箭东归

大江日夜东由,志在沧海何求。
神仙倦了一醉,扁舟轻了万流。
有诗轻吟李杜,无憾墨染梢头。
归来花开一树,落红阵阵谁愁?

祭奠刘兄

2015年6月19日

天地悲戚变色,人间竟无西安。
宁折不弯折矣,心香泪酒香焉。
诗书已成绝唱,妇孺犹自哀怜。
且随屈了鹤驾,我辈苟活遥奠。

致敬几位专家

2015年7月24日

致敬汤一苇教授:
一苇慈航,从此太平间中美,
众生遥拜,由来普度擅针石。

致敬薛博仁教授：
博于辨疠，丹心透彻生仙道，
仁乎悬壶，妙手澄清日月潭。

致敬童明庆教授：
明药理通医道调和鼎鼐，
庆升华拱盛邦燮理阴阳。

微 光

2015年8月17日

虽然只是微光，我看到了希望，
虽然只是一页，我看到了一颗晶莹的心，
虽然只是誊写，我看到了彬彬、尊重与理解，
虽然只是浅浅，我看到了莘莘，
这微光，是微生物学的光辉，
这微光，是基层的代谢更新，
这微光，是星星之火，
这微光，是姹紫嫣红，络绎缤纷，
虽微，必光。

秋 雨

2015年9月1日

终于，迎来了第一场秋雨！
安安静静，点点滴滴。凉凉弱弱，缓缓惜惜。清清淡淡，款款依依。淅

淅沥沥，浅浅戚戚。

义山说，巴山夜雨涨秋池。未免期许。

秋瑾说，秋风秋雨愁煞人。未免悲恸。

黛玉说，那堪风雨助凄凉。未免孤清。

纳兰说，一朵芙蓉着秋雨。未免委婉！

我喜欢秋雨。纯粹喜欢，别不及他！秋雨本身，心有灵犀！我只喜欢这——初秋的细雨！

月

2015年9月26日

月亮升起来，静静的，一片秋之爽。

月儿圆起来，淡淡的，一点怀的想。

月亮躲着云儿，照着远方！那离家的游子，是否归途？

月儿映着苍穹，一片朦胧！那殷殷的思绪，是否明亮？

月色调皮着，变幻着你的心薇。

月光流淌着，孤单着你的心望。

中秋节

2015年9月27日

读《赤壁赋》

似水流年，微雨秋静。未见明轮，怅然若失。友朋赏月，推及苏子。前后赤壁，谓为巅峰。我亦苟同，沐目再览。千载辞章，尽收心底。东坡达人，秉儒入道，打通周易，超迈千古。无奈运蹇，俗世不容。波澜起伏，宦海

沉浮。适此交困,泛舟赤壁,不觉兴至,信笔由心。其所见者,大江明月。其所对者,友朋渔夫。其所思者,天地玄理。其所念者,庙堂江湖。试问夫子,有所失乎?进退无途,有所怨乎?夫子哂然,是谓命矣。行藏在己,取舍由人。果然夫子,名下无虚。飘逸清远,契理随性。后生再拜,欣然有得。明月在胸,盈虚自然。时近午夜,万物修养。我亦馨好,乃自安之。

秋　容

2015年10月5日

静若秋泓,婉若秋彤,点点秋意,一抹秋浓。

秋雨秋窗外,秋意秋风中。负暄秋日暖,驰怀秋色隆。

寒　露

2015年10月10日

每天迎着朝阳,送西落,

每天沐浴春风,化秋雨,

每天静看沧桑,写新意,

每天心随禅寂,入红尘,

一条街,寂寥永恒,斑有足迹,

一棵树,茁壮长青,叶作羞彤,

一段情,弥亲历久,幻若云流,

晨的语,街的絮,

我之悠,谁人游,

寒露,冬由。

九九漫步西湖

2015年10月21日

某晨,与鲁兄信步西湖,不胜幽微静好。彼时
天气清和,水雾轻氲。四野寂静,唯闻鸟音。
远山新黛,近水波平。绿荫尤盛,花菲渐零。
偶有小鸳,双双戏水。摇曳生姿,藏头摆尾。
我戏鲁兄,前世情情。鲁兄不语,托举佳能。
待得焦距,鸳隐微澜。倏尔不见,纹漾渌连。
我笑油然,兄怅宛然。人生随适,行藏影潭。
忽而波兴,无风浪起。我自疑惑,不明所以。
兄目无极,潮渐息止。山沐初旸,水润如洗。
一时淡定,思及旷宇。万载之下,谁首西子。
继而都府,杀伐决断。风云不安,西子掩面。
渐渐文起,诗词歌赋。西子之美,始见昭著。
几曾坡老,流芳百代。政贤艺显,苏堤尤在。
由是盛名,中华美奂。家国寄托,情怀涵澹。
沧海桑田,至今牵念。兄我其谁,感慨一叹。
噫嘻,
西湖之美,人生之际。何为前因,何为随意。
心机到处,智竭力穷。鸳鸯恬美,何必雌雄。
览胜寻芳,西子顾我。我共西子,何求因果。
此情此景,颐然无惑。与兄同履,天开云拓。

读《检验医学说》有感

2015年11月29日值班

　　眼里容得浊物(标本),心中一片慈祥(精诚)。医生如同首脑(敬爱),患者可为爷娘(关怀)。客观结果有信(医学检验),主观解释要强(检验医学)。退看只是工作(养家糊口),进步求索苍茫(朝阳专业)。

午&夜

2015年12月5日

疲劳自己,为了忘记,
家人同乐,为何哭泣,
天空很蓝,云的孤旅,
思考静美,心在飘逸,
一切都会过去,我只是……
新萌了少年思欲!
四十本来无趣,
不惑怎有奇吃,
花儿香艳南国,
雪儿岚流故地,
一切都会过去,我只是……
重生了少年心意!
友人的战栗、遭遇,
家国的沧桑、分聚,
午夜醒,茌苒、禅哲,
阳光里,曦和、坚毅,

一切都会过去,我只是……
纷纭了少年愁绪!

拟芹笔意

2015年12月27日

消解得荣华富贵,承受起落寞孤寒,品味那天开云缓,流连这红尘紫寰。说什么,也不忘青葱岁月。道哪般,终归是赤子情斓。白茫茫,大地干净。音缕缕,雪芹梦珊。

我 & 梦

2016年1月23日

在西湖,住一年,
经历她的春冬,秋夏,
品味她的桂梅,雨雪,
不太大的水面,浩渺烟远,
不太高的峰峦,朗逸音空,
遇到岳飞,满江红艳,
跟着苏轼,水调歌头,
与张岱烹酒,给沈复抄字,
梦白娘子,
对卿缱绻。

节逢立春

2016年2月4日

又是一年立春早,春在节前人静好。
暖云暖风暖东晟,寒雨寒鸦寒夜少。
吾辈犹怀家国梦,家国已见春来了。
挥手迎春致春意,春葳已唤江南草。

怀　念

2016年2月29日

鸟儿问花,春天来了吗?
花儿忘了愁,
红羞。
花儿问鸟,冬天去了吗?
鸟儿扬着羽,
振起。
邻家的女儿,看着花儿鸟儿——对话,
长大,
经过了冬的藏、春的画,
憧憬着,她的万千初夏。

无　题

2016年3月16日

幽微一梦,一梦甜香。忽然梦里,几声咳呛。

倏乎梦醒，梦外迷茫。无边倦意，两眼无光。
继而几声，小儿喉响。妻起倒水，我看何恙。
担心上感，妻说无妨。轻唤宝宝，饮咽温香。
嗳嚅咩咩，仍在梦乡。我亦卧去，遐思彷徨。
不必萦怀，不必惆怅。素来体健，调皮苗壮。
夜如水晶，黑漫未央。我欲飞越，神牵此方。
唏嘘婉转，何处沧桑。再梦蓝田，花正芬芳。

试改纳兰词

2016 年 3 月 20 日

桃花敢作无情死？才韵初彤，未晕姣红，枝浅窗畔伴卿浓。
东阳合作春风瘦，眸许芙蓉，心曲霄容，一片幽情怜处浓。

满庭芳　文史

2016 年 4 月 17 日

　　古迹淹埋，竟留文字，五千晴雪飞鸿。夏商幽远，归藏连山空。赫赫东西周盛，春秋战，诸子青铜。倏忽秦，刘长运祚，族汉赋章隆。

　　久合，分必至，曹子观临，司马收功。隋炀祸，唐王振古诗纛。宋词元曲朱狱，满洲起，说部葱茏。云烟过，素笺泼血，装扮任人闳。

南楼令

2016 年 4 月 21 日

　　君眉几多愁，一湾浅云流。但静眸，望断西楼。吹了东风炎夏炙，雨冷

透,未中秋。

　　事事苦淹留,丝丝染白头。奈恨天,霜月弯钩。红叶寒稀枫已痴,思晨曦,欲何求?

无　题

2016年4月22日

　　小花春意婉,雏菊静涵芳。
　　入眼娟埃趣,随心日色长!

孤　独

2016年4月23日　读书日

有的孤独需要别人,他在或不在,让自己感到孤独。
而有的,则与旁人无关,只是心灵的自我放逐。
有的孤独是感性的,是爱与恨之间的空无。
有的则理性,是热烈与枯冷的救赎。
有的孤独是一种积累,仿佛大地冬藏,必有春苏。
有的则是吞噬,把自己抽空、虚化、迷惑、歧途。
有的孤独是金刚坚毅,筚路褴褛,至死不渝。
有的则是吞吐天地,消长古今,一展宏图。
有的孤独是一盏灯,是寂寂长夜的明灭飘拂。
有的则是一缕风,由此山高水长,月朗星舒。
你孤独吗?
孤单的你,是否在独自寻思,一个人的我,是不是有一点……孤独。

读仓央嘉措

2016年5月4日

仓央嘉措见到了云头,
佛陀端坐,
哈达飘落。
仓央嘉措思念着云流,
心有所属,
泪作莲楚。
仓央嘉措爱上了云游,
持经送恩,
驰目留痕。
仓央嘉措住进了云烟,
愿以飞天,
牵已成山。

偶 题 四 首

2016年5月7日　母亲节

四月初苰,万芳正莳,人生何地,素心何依!
偶题数句,望空一揖,中年况味,悲欣交集!

母　亲

不觉四十载,母亲已白头。
点滴生活事,慈爱夏春秋。

忽忽恬梦远，历历儿时羞。
母亲牵我手，"不要调皮哦！"

同　殇

忽然闻血暴，积怨竟伤医。
恶起刀落处，回春救死时。
疯心毒至此，神怒何如之。
人艰人不拆，天病天岂知？

流　连

秦皇遗古墓，武曌塑大佛。
家国沧桑远，天地春秋多。
牡丹琅玕韵，渔樵安乐窝。
我幸流连久，风骨正婆娑！

梦　莹

同荫杏林屏，月语云正聆。
花好风轻曳，心安志深婷。
诚相款款对，静与依依迎。
竟尔为一梦，岂是陶然情。

蝶恋花　任事

2016 年 5 月 14 日

万事须经残梦扰。曾向樽前，请教怎知道。百遇光鲜谁得到。九层忧患一层好。

无事就应开口笑。浅酒轻歌，消遣些些老。金谷春华飘正妙。玉山只任东风俏。

520 之思

2016 年 5 月 20 日

我心五瓣，莲为其范。
我意素香，荷以之芳。
菡萏飘逸，茎叶修婷。
沥波清远，挟风沧桑。

读《有人听见你的名字，突然开始哭泣》

2016 年 5 月 26 日

有人会听见我的名字而哭泣吗？
如果有，这是我的错，
本来无痕过雪，却柔和了风，
想要一洗蓝天，却飘落了云。
不要哭了吧，
看看虹也好，是你七彩的路，
或者，看看海，是你宽阔的澜。

忘记我吧,
本来,世界很美好,
或者,微笑着听着我的名字,
去感觉世界……更美好。

好友伤秋,不禁感念,怃然歌之

2016年8月14日

素夜怎秋欢?叶落听秋蝉。
萧索树秋独,冷清月秋怜。
生机来秋少,冬意连秋绵。
漫长苦秋候,更久渗秋寒。
今秋或不同?金秋确不难。
和秋同温暖,美秋同馨安。
逢秋天未老,经秋地未残。
初秋弯月半,中秋团月圆。

无 题

2016年8月30日

倦了诗书倦了物,离开家门离开路。
此情此景一间屋,进得心扉作得主。
如此清晨如此韵,与谁娟舞与谁羞。
人生知己二三矣,共看花好共云秋。

无 题

2016 年 10 月 6 日

人道相思苦,我意相思属。
春薇秋雨时,暖暖销魂顾。
相逢只怡然,执手朝夕处。
相别未茫然,天涯同心路。

鲁迅公园

2017 年 10 月 14 日

数次旅沪,空余祈盼。好友照片,一现心愿。
明知不可,为之无怨。超越儒家,东西洞见。
做人同始,歧路其范。正如道家,出世梦幻。
另有谁人,勇猛突现。岂止法家,狂飙胜算。
转身百年,斯人谁恋。蓦然回首,斯世难断。
发展激扬,其路漫漫。历久长安,时势炫炫。
俯首为谁?横眉哪般?大王所谓?慈母何欢?
不禁一叹,上海一滩。长江万里,黄浦万千。

桂枝香 徐州

2016 年 10 月 15 日

长怀仰慕,正妙好金秋,彭城彩素。西楚故人安在,刘项逐鹿。销得雅典残照矗,锁北国,南方门户。兵家风渐,谋臣云淡,千年征图。

彭祖园,枝头金绿。大汉兵马俑,拱守古墓。雾起云龙湖渌,峥嵘初

露。乃始劝学仲谋语,春花秋月重光度。一望淮海,古今尤酣,华夏澄肃。

致北医,我的母校

2016年11月14日

你的心色如此晶莹,
艳了春光,
润了夏明。
你的目光如此深情,
蕴了典籍,
化了雅凝。
你的娟秀如此娉婷,
羞了白发,
唤了蜻蜓。
你的风姿如此轻灵,
映了青山,
淡了苍冥。

无 题

2016年11月15日

明月正西楼,浩宇牧风流。
今夜谁家子,此心何处游。
江山屏远静,典史秉春秋。
何必叹再息,举案眉一羞!

悲 寂

2016年11月29日

冰冷的夜晚,一个灵魂选择孤独,
像一颗寒星,滑过虚空,
却无人,仰望。
冰冷的夜晚,一颗心选择离开,
像一滴清水,跌落红尘,
化作冰,碎裂。
冰冷的夜晚,一枚希望选择死去,
像一茎花苞,孕育了,
却淡淡散开,荡然无存。
看到了一个悲伤的故事,思绪纷飘,
死亡……也是一种解脱,
安息,寂好。

大千之兰花

2017年2月19日

娟姿幽空谷,秀意出芳尘。
不逐凡间紫,唯静自然心。

牡丹梦

2017年4月23日

蓝天玉非玉,黑花葵胜葵。

渡世白慈警,晚海黄溯洄。

冠尘何必墨,映金自然薇。

我亦丛中笑,飘江荷蒾归。

按:和好友解"渡世白",殊途而契合,不觉一笑。洛阳,大美春华。

八声甘州　八周

2017年5月7日

正流云许许浅天边,一点新彤鲜。

渐丽日温暖,关河披绿,华夏图蓝。

物华生发茁壮,苒苒写大千。

饱览乾坤美,无语激湍。

可曾登高望远! 有静灵心海,慧启扬帆。

想年来萍迹,一路染清欢。

待明日,凝眸回首,留几处,悠然见南山。

诗酒好,倚栏杆处,正是晴天!

徐至魔

2017年10月28日

冬静静地走来,

正如秋静静地离开。

那别后曾经的小径,

凉意无尽地存在。

夕阳娇嗔了窗外,

重逢羞红了云彩。

共执手未折的西柳,

飘然生动了期待。

梦境无由着欣喜,

泪水安宁地呢喃。

帆帆苇苇地轻轻徘徊,

海天浅浅地盛开。

谁笑着元初小孩,

我叹着霜雪苍苔。

痕茵步步着心婉情挚,

深深寂寞了爱。

听桑吉平措《睡莲》,看宝宝睡态,满足

2017年10月30日

我多么想,

做一朵莲花,

在睡梦里,绽放。

我多么想,

做一个婴孩,

在睡梦里,成长。

他们说,

我就是一朵睡莲,

只是睡着,没有绽放。

他们说,

我就是一个婴孩,

永远睡着,不会成长。

秋题三首

2017年11月4日

其一

四季中，
秋时是最复杂的，
春天，只是生机勃勃，
夏天，一味欣欣向荣，
冬天，万般肃杀无奈。
只有秋日里，我们回味，我们呢喃，我们爱着分手，我们哭着相聚。
只有秋日里，暖盈盈无所不适，凉兮兮妩媚精神，冷飕飕宽阔胸襟。
只有秋日里，酝酿交织着成熟，希冀陪伴着果实，爱恨迎来了平馨。
古人说春秋……大家知道我们的文字特点，重点靠后……是尔秋之多姿多彩，秋之气象万千，秋之奈何无端，早已由古贤纳入到文化脑海里，篆刻于民族血流中，生发于你我间，挥洒于天地玄。
秋……

其二

白头染秋流，
风光无由。
不必心情随与否，
只是闲愁，
任一湾秋水滟滟剪情眸。

其三

我就这样丑陋地站在你的脑海里，
你邪恶地笑呢。
我就这样美丽地站在你的眼前，
你哭着。
我就这样空气般消失在你的世界，
你迷茫了。
我就这样的春光无限，
你秋深矣。
我就这样的……
你……

晨　安

2017年11月13日

夜未央，
独自怎彷徨。
心中静念，
冬月一弯皎皎照汀阳。
共晴芳，
执手忘沧桑。
花前隽语，
小径一微紫紫入梦乡。
与韶光，
同老伴琳琅。
相约皈依，

东去一帆焔焔浅大江。

惦念晚归，伤怀屠戮，一时寂寥悲欢

2017年11月25日

漆黑的夜蔓延，
我要用炽烈的燃烧，
拥抱你，
平安你的心跳。
冰冷的感恩至，
我要用芬芳的温暖，
呵护你，
抚慰你的伤寒。
归来吧，魂有所依，
归来吧，赤子初心。
让诅咒化作慈悲，让乖戾化作春薇，
让我们智慧，让我们力量，让我们友爱……
婴孩终会茁壮，
慈母必得心安。
人世依然美好，
红尘还有明天。

梦　　馨

2017年11月29日

来生，我愿意作一枝绿意，

融入这南国,
是,就是南国……
让你寻不到我,
此刻,我正陪着花儿开,
陪着花睡,
是,只陪着花儿……
不去看那星云朵朵,
昨夕,我已化作春风,
芳薇芷若,
是,任她菲郁……
从来也不曾蹉跎。

按:花儿是指闺女。

《为你读诗》听后

2017年12月3日

裁一片白云,送你,
云飞雾。
朦胧你的灵魂,朦胧你的初心,
氤氲。
裁一片白云,送你,
云蕴雨。
湿润你的眼痕,湿润你的精神,
缤纷。
裁一片白云,送你,
云乎水。

诵着你的辛忍,诵着你的芳芬,
荷薰。
裁一片白云,送你,
云之温。
暖着你的苍凛,暖着你的年轮,
混沌。
女儿又续一齿,开心!

大雪无雪,有感何感

2017年12月7日

无非风雨无非晴,飞鸿到处雪轻灵。
红尘不与安心怨,般若因同空相行。

按:人,需要历练,无论是情感还是涉世。固然可能因此困难,但也必然因此改变。

生&迩

2017年12月10日

淡淡旧时味,有一点,
坚硬粗而糙,只一团,
静静且安安……
几万年。
伊始只是漂、飘,轻盈地旋转,
小泡泡好奇,推波又助澜
味道是渐渐地……口颊清泽。

初似雪——素净、纯粹、洗练、内敛，
她爱上了水，爱得深入，
恣肆、纵陈、繁锦、灿烂，
浸透她的肌骨，她的唇吻——水爱着她
——曼妙她的碧姿，她的津范。
水爱得更投入呢，浑然忘我，
惆怅、惆怅……长相伴而醇厚。
沧桑、沧桑……日相与而团寰，
迷茫、迷茫……消融着且浓恬。
几生几世，时光不前，红尘无缘。
还是山，依山，翩翩，
还是水，连水，潺潺，
原来我，非我，然然。
后来……
后来，云自高帆，
后来，风自流浅，
后来，韵自缠绵。

随　　题

2017年12月11日

谁言梦外更无澜，幻化空间梦叠峦。
入梦刚得拭眼眸，一梦换得一梦残。

今夜……余光之中

2017年12月14日

先生何其幸福！
在怀恋乡愁的年代，
您的乡愁吟唱，传遍四方！
先生又何其不幸！
作思念中原的旧梦，
您孤悬海外，天各一方！
先生何其开心！
您竟然有九条命……
在岁月的流痕里，淡定诗意，从容圆方！
先生又何其百感交集！
梁实秋赞您，双手成就，一时无两。
而李敖却污您，招朋引类，骗子游方。
今夜属于您，
我想对先生致意！
恰此时，乡愁是一点淡淡的烛光，
我在这头，先生在那头。
今夜属于您，
我们对先生致意！
我们葬先生在长江与黄河，
安您的头颅，白发回归了黑土！
今夜属于您，
诗歌之神对先生致意！
她将送您去唐诗里的江南。
与太白同杯，与老杜同辉！

今夜属于您，
母亲魂魄对先生致意！
给您一朵蜡梅香啊蜡梅香。
从此今世，土地只是芬芳中的余光！

附一首

繁忙之余，杯酒一光。
诗意契中，乡愁合先。
海峡长生，彼岸曾西。
斯人已去，红尘未了。

偶 得

2017年12月28日

优雅地活着，为了我，
天穹压压的大雪，
絮絮棉棉呢……
想我，你会温暖着如火，
优雅地活着，为了我，
红尘喧喧纷纭，
熙熙攘攘呵……
想我，你会澄澈着芷若，
优雅地活着，为了我，
人生辛苦，汗津津，
咿咿呀呀啊……
想我，你会直面着不躲，

　　　　　优雅地活着,为了我。
好友徐公,职司东南。公余雅趣,摄影流连。
下图特举,试以诗坛。众好捷作,我随赧然!

2018年1月3日

雾

惊艳了小桃花,
绝碧了漫天涯,
悱恻了爱新葩。

水

澹荡了涩孤独,
浩渺了简思路,
温纯了苍茫顾。

乌

红彤了心天外,
静谧了柳梦眉,
参彻了渌无为。

亭

庄严了水梦幻,
通透了风清纯,
痴迷了云游魂。

三姐姐在深圳工作

2018年1月3日

其一

于非鱼,却知鱼之乐。
艳曾雁,正是雁南飞。

其二

于是一世,青年中年撸起袖子干事业,晚年一婉转,只以娴静。
艳乃千嫣,来生今生舒展眉头丰缱绻,前生千锦绣,任乎素纯。

其三

今天她发了照片,夕阳流云丹,
云儿脸红了,
因为她看到太阳在火热地私奔,
太阳落去了,
因为他要把广阔的天空,留给深圳。
深圳安静了,
因为她要倾听……三姐的心音,
三姐开心了,
因为云儿为了她,千红流畅,万紫缤纷。

陪宝宝睡

2018年1月7日

暖暖热,点点汗,
环绕着,缠绕着,萦绕着,
每一点微动,都有微应,
摩挲,触碰,探究,承迎,
每一次寻觅,都有等待,
觅得处,繁华似水;觅未得,霁月如风。
有时静握着,互相的,
正式中番番狡黠;调皮中款款庄严,
有时交叉着,彼此的,
你中有你我,我中有你我,
有时略挨着,分离的,
但有一种力量,无形的牵引,
有时平叠着,淡淡的,
我的左右手,你的左右手。
生命的你的水面,扬起了我的桅帆,
思念的我的山岚,妩媚了你的容颜,
一起岁月,彼此蹉跎,你我轮回,
你皱纹了我,我柔润了你,
手牵手,一起走……

按:偶尔哄宝宝睡觉,握着她的手。
语言是贫乏的,我的句子也枯燥。只是那一刻,太美好了!

距 离

2018年1月10日

思念的距离？

一米……

知不到哟，

生活没有阳光。

思念的距离？

万里……

见不着哟，

长空碧蓝如洗。

思念的距离？

经年……

逢不遇哟，

良辰美景无数。

思念的距离？

桃匕……

席不厌哟，

索然寡味寡滋。

思念的距离？

犹疑……

确不定哟，

蹉跎丝路芳华。

思念的距离？

恣意……

尊不重哟，

大千舍子其谁。

百转千回

2018 年 1 月 12 日

有时候，爸爸的背，
就是宝宝的床，
咕噜咕噜，
她睡着了梦谨馨香。
有时候，爸爸的心，
就是宝宝的海，
碧波万顷，
她扬帆了风旅芬芳。
有时候，爸爸的眼睛，
就是宝宝的路，
逶迤遐远，
她回家了静婉疗伤。
有时候，爸爸的手，
就是宝宝的铿锵，
皱茧温厚，
她握住了千茬沧桑。

按：孩子病了，下了英语课，在车上就睡着了。背她上楼，一时胡思，有了上面的字。

同学聚会

2018 年 1 月 15 日

某日芳华，岁末完美。在京同学，幽悠一醉。

其共五子,昕美其领。杨兴刘纯,庆波我等。
南晔主内,唐兄骋外。大家下次,共聚期待。
数载希晤,一见唏嘘。谈笑风生,梦幻须臾。
多有追忆,豆蔻梢头。彼时无猜,三生回眸。
时代波澜,你我万千。内敛稳妥,九二三班。
昕美丹葩,有女其华。乐观坚定,朗朗音话。
笑我离职,虑我生涯。冀我安定,京药其下。
庆波康好,肌肉壮观。来京艰苦,如今富恬。
念及信国,不胜黯然。兄弟之情,举座钦然。
杨兴风彩,清华风流。其间苦乐,淡定为由。
幽默温语,笑在眉头。春节回鞍,与尔同谋。
刘纯低调,轻奢内醒。并发多线,一瞥云岭。
有子风范,京华万顷。淡许青烟,谈吐菁莹。
彼时热火,此时肺腑。一番感慨,中年滋味。
所念者,家人安好;所恋者,友朋欣慰。
所惑者,时代狂飙;所谢者,微信重汇。
所难者,孩童手机;所乐者,多元路队。
所兴者,康泰彼此;所愿者,相知相偎。
正是:
芊芊春雪启冬年,煜煜心云秉烛谈。
赤子曾经同相好,白头不忘未等闲。

许许之诺

2018年1月21日

那时候,我们童小无猜,

不曾许诺，
却天天在一起……
看着，
月儿圆圆，
星星弱弱，
后来……后来我们几度青春，
不敢许诺，
只能悄悄在一起，
盼着，
月华东升，
星光闪烁，
现如今，我们年韶微涟，
不能许诺，
自然静静在一起，
感受……
云淡星辉，
黎深月落。

按：落既指本意，也指落落。

相　逢

2018年1月26日

曾相逢，赤子之情。
田野里喜笑无邪的模样，荷娉婷。
重相逢，孩童其行。
尘世中微笑脉然地相依，泪晶莹。
愿相逢，真一冥冥。

习惯了经历你的年少倾情,命许轻盈。

执相逢,天地泠泠。

纵然是云须隐忍风未纵横,心与芳凝。

祝　福

2018年1月28日

生命是一场美丽的旅行,

拥有生命则是美丽的启程。

也许汗水流……而且疲惫着,

但你终会开心地等来,爱的晶莹。

生命从来不是一己舟横,

生命始终是夫妻俩、孩子仨、友朋众的辛苦经营。

也许有一天,他/她振翅翱翔,

也必在你的梦里,无比轻盈。

多么美好,生命正妙龄,

繁华蓊蔚,留照这青春绮丽最娉婷。

无论是明晨,还是千载,

生命！始终是你热烈的倾情。

无　题

2018年1月29日

我们……

最寻常两个字,最简单一个词,

却万仞千斤,

风云际会,
时彼此,习惯无存,
蓦然回首,
口齿忽然彷徨,竟而万千素心,
当我们,化作了珍重,
泪水,敢独对秋涌,
当彼此,已为那背影,
星河,试一曲春深。

理　　性

2018年1月31日

一个小女孩儿,
看我和妈妈开玩笑,
皱眉,不解,
讨厌爸爸。
一个小女孩儿,
看我吃金橘,
……又一个
你要吃一万个吗?
一个小女孩儿,
看我喜欢鲜植枯木,
流连,
揪了一把叶子,给我。
一个小女孩儿,
看我赖床,

披了披被子。

乖,爱你。

读余秀华《用一个夜晚怀念你》

2018年2月9日

而你,依然在三百六十五个梦里,

以爱人的名义,与情谊,

后知无觉,才明白,得用渐行已远,来欣赏月色,

而那么多黯淡的广袤,与晦暗的底片,

——这柔柔弱的形容,如蒙你的一束目光

也算素影,

连一个夜晚都不曾给予,不曾怀念,时光如此悭吝,

千言万语也无法概括,只有默然沉吟,

我们一定是在岁月里,互相遗忘了……

你手心的情纹,我复活的眼神,

只是我会突然心痛,非常非常的,

当一轮明月升起,却没有白光,

当春天写满时刻,却没有芬芳,

当我特别羡慕诗人,还有一首诗儿打转,

余休话,徐至魔,离伤隐,宿冬泊。

幽远集十七令

说明:2017年12月中旬,偶尔读到了一个帖子——《幽远集十七令》。帖子没有写十七令的出处,笔者开始也没有追踪。只是觉得字句有古意。后来萌生了每令配诗的想法。下面文字,是2017年12月17日至2018年1

月3日间每天写的一首。

其一　香令幽

不觉心扉自然芳，幽雍婉转解愁肠。
推敲尔与何寻处，沐浴直如顿悟旁。

其二　酒令远

神华不过夜光杯，晋喜消愁壮怀归。
可共诗仙八极魄，何堪月色一笛回。

其三　石令隽

太湖因之名太乙，红楼未以冠红尘。
一片降幡元必出，双石伴老结从浑。

其四　琴令寂

高山不曾流水痴，紫陌焉得蓝颜知。
操琴抚瑟幽心月，悬腕飞丹瀹茶诗。

其五　茶令爽

昏然饮矣皎然清，铩羽歌之陆羽烹。
不过一叶澄澄水，消得三生朗朗情。

其六　竹令冷

极目森樛渌意繁,紫肤玉裕凛天然。
风弯岂是低头敬,气节何曾空心谭。

其七　月令孤

可怜月儿月半圆,素冷孤清几千年。
薄情最是李太白,劲道无非一广寒。

其八　棋令闲

黑白之间天地浑,超脱杀伐几心存。
敲得棋子星云换,忘了黄梅梦里人。

其九　杖令轻

万丈高峰一步禅,一杖轻风万蔀闲。
曾经苏子随遇处,不过润之微笑间。

按:适逢毛主席诞辰,致敬!

其十　水令空

幽依潭底千年影,澜共云苍一缕秋。
高山岂能留得住,夫子何时再入流。

按:第十个令——我不太共鸣。水与空?佛家?道家?儒家?西哲?哪个观念,认为水有空的意境?儒家,智者乐水。道家,水利万物,上善若水。佛家,菩提露水……诗词,瀚澹浩渺。子在川上,是说时间流逝。赫拉

克利特说:"人不能两次踏进同一条河流。"是哲学的变化。都没有空啊!

其十一　雪令旷

簌簌扑扑一夜黏,日出东方万里悬。
英淑霁宇同心旅,天地纯情练素颜。

其十二　剑令悲

不出鞘令宝式微,顿出鞘恰寒光飞。
潇潇叶落三秋木,魇魇云归一残晖。

其十三　蒲团令枯

度了尘缘度苍茫,蒲团老衲肉皮囊。
来去不须知快乐,舍得何必竟恒常。

其十四　美人令怜

百花娴曲心淑婉,万木枫丹本芳纯。
此娟此寥止隐玉,何境何帆可依云。

其十五　僧令淡

三宝伽蓝佛法僧,如实修行佛法晟。
礼佛弘法淡泊处,法尔红尘佛尔松。

按:无意中碰巧元月一日是僧令淡。我懂了,非淡泊无以明志!

其十六　花令韵

忽逢一夜苍灵顾,万脂千胭为君开。

窅然芳清殊天地,别番隽致澈襟怀。

按:这个世界,最神奇、最无法理解、却又最具魅力无限的事情,除了人为什么有感情外,就是为什么会有花儿?

其十七　金石鼎彝令古

永叔启之倾心血,明诚名之共易安。

墨绿森森雕斑朴,神思峻峻道幽玄。

按:幽远集十七令,原来是明代说法。我一时之意,模拟古人幽情画意,也是一乐!

蟠龍卧虎高家地

金鳳銅雀文事淵

大姐 阿蕊

氤氲飄渺，高山一缕松香浸入肺腑

黑粉灰烬，还可化作翩飞墨迹载春秋

阎戍

一切文字都是文学，都可以文学视之。

彭友 劉桦宇

第二部分 短 文

我的文字缘

2012年12月20日　时逢瑞雪

爸爸和姐姐都很爱读书,家里会有其他农村家庭难得一见的书报。不过因为懵懂无知,我没有早早进入到文字的世界。那时的我,成天在泥土里、小河边,整个儿是一个小野蛮动物,白白辜负了父母和姐姐的期待。

大约是1987年,才开始喜欢上了文字。之前对文字没有感觉,甚至因为考试而时有厌烦。渐渐地喜欢了,也不知道为什么。毕竟是少年么,很多事情都是朦胧的。现在回忆起来,也可能是因为一个同学,他叫李世文。我们在初中二年级时是同学。他很喜欢也很擅长语言文字(奇怪的是,他同时也擅长数学)。那时他的书包里就有诗词格律一类的书。我看着蛮好奇的,不过当时没有直接往诗词里钻,那时候对于我来讲,格律诗太难了。那时我只是在闲下来时,能静下心来阅读,不再像以前一样疯玩疯跑的。记得当时在课本之外,读过一个杂志的汇编——《文摘旬刊》,里面有很多时事和故事,很好玩儿,有的我甚至会反复读。应该说,它是我认识世界的第一个窗口。通过这个窗口,我既看到了万紫千红芸芸众生,也体会到了文字之美和阅读的快乐。不过因为《文摘旬刊》,我也闹过笑话。1980年的汇编里面提到老百姓免费去中南海参观的事情,我印象很深。后来考到北京,我还记得这个事情,以为还可以免费参观呢,就和一个同学徒步走到中南海,从海淀走到那里,蛮累的。到了一看,人家说有好几年都不让参观了,弄得我蛮遗憾的。从此我知道,世易时移,书本上的信息有些是

暂时的。现在我仍很怀念《文摘旬刊》，虽然不再阅读了，但在哪里看到它仍会心头一热。那里有一个少年的青春和憧憬啊！

到了高中才开始大规模地阅读课外书籍，格律诗、中国小说、外国小说等，有点儿如饥似渴的感觉，一方面是因为喜欢，另一方面也是因为刺激。我来自农村，在当时还算较大的城市里和一群城市孩子一起读书，突然觉得自己很无知、很苍白。那时同学中的李学平、董晓娜、王军生、杨兴，知识都很丰富。我一边羡慕，一边努力恶补。记得当时把四大名著都买来了，还购买了上海译文出版的外国小说集（当然并不全）。《三国演义》《水浒传》我看得很快乐，甚至看了好几遍。《西游记》和《红楼梦》则遇到了障碍。《西游记》是因为它的童话性，那时我觉得自己长大了，不应该看童话了，所以很遗憾，至今《西游记》我都没有从头到尾看完。而《红楼梦》则是欣赏不了，当时我感觉，这写得都是什么啊，腻腻歪歪的！大约看了几个章节，就扔一边儿不管了。浏览文学之外，还喜欢读政治、军事、历史一类的书籍、杂志，男孩子么，有些血气是正常的。当时每月还会买好几种杂志，有时是饿着肚子买的，那时家里虽不贫困，却也不宽裕。买杂志、报纸的习惯保留至今。比如《读者》，当时叫《读者文摘》，就是高二时开始买的，直到今天，这个习惯还保持着。《读者》是我的至爱，每一次走过报刊亭，我都会有意无意地寻找。看到新的一期，会觉得眼前一亮；看到已经阅读了的一期，则有老友相逢的快乐。这种感觉是奇妙的，只有爱情可以媲美。一个老同学问我为什么不从邮局订啊。我其实就是想享受每一次邂逅、拥有的感觉。我现在看的专业杂志都是从邮局订阅，但《读者》我不愿订。另一个老同学在分别多年以后，看到我还保持着购买、阅读杂志、报纸的习惯，很惊讶！他觉得时代早已大变了，《读者》不值得再读了。我的观点和他不同，我忠实于自己的内心感受，也不觉得《读者》有和时代脱节的问题。关于《读者》我还有一个习惯，当我来到一个新的城市时，我会主动看它的报刊亭卖什么报纸、杂志。而有没有《读者》，则是我衡量这个地方的市民文化、城市品位的角度之一。另一个坚持读的报纸是《南方周末》，这是由于好友王军生的推荐。从21世纪初知道它至今，就一直阅读，即使是在我刚刚买房身无分文时，仍没有放弃购买、阅读它。《读者》让我知道这个世界的美，《南方周末》则会告诉我这个世界的真实。

到了大学，自己的时间多了，阅读的内容也更丰富。这时候的阅读目的，和别人关系就不大了。慢慢地，阅读已经内化为我的习惯。而阅读的对象也偏向了历史、传记之类。之所以喜欢二者，是因为它们对我的人生有启示。偶尔会看一下武侠，主要是金庸的。金庸的长篇值得一读，里面历史、诗赋、景致、人情都很好，符合中国人、中国文化的传统和本性，还有现代性。那时候已经有了穿越类小说，不过当时我不知道，也没读过，毕业后才读的黄易，军事、政治方面逐渐减少了。我在大学经历了一次价值观念的彻底转变，仿佛死过一次一样。而转变的结果，是我不再热衷于政治、军事书籍了，当然也不是完全不看，仍会关注和分析，只是换成冷眼旁观的方式而已。这时候的阅读主要还是浏览，看完也就罢了，极少数会看第二遍、第三遍。同宿舍的二哥李明对我影响很大，是多方面的影响，不仅仅局限在阅读方面。单就阅读而言，他看得多，看得深，而且爱思考。那时他看《四部精华》，我很诧异，问过历史系的同学，就更诧异了！他的行为影响了我的阅读由浏览转为深入阅读！这种影响不仅体现在业余阅读方面，还体现在专业文献的阅读方面，可以说那时埋下了我后来深入阅读英语专业文献的种子。提到英语，那时一个师弟对我影响也很大，他叫李玉林。李玉林的英语很好，单词量巨大，阅读速度快，我羡慕极了，也赶潮流去考了托福、GRE。这些行为没有导致我出国，却改变了我的阅读习惯。

稀里糊涂就毕业了。我对国内的教学模式有些厌倦，不想再读硕士、博士，所以选择了工作。工作后业余时间就更多了，那时开始深入细读一些东西，先是《红楼梦》。不知道当时为什么选择了它，开始的事情都不记得了。只是看得越来越多，越来越细，从《红楼梦》看到《石头记》，再看到脂砚斋，再看到清人笔记和前清历史，一发不可收拾。书买的也越来越杂，各种脂本，各种书评，各种资料，包括后来刘心武的系列作品等，只要觉得有

价值,只要兜里有银子,当时都买了。我沉浸在欣赏《红楼》的巨大快乐之中!闲暇时,我会抱着周汝昌评注的本子,轻轻地读出声!对喜欢的情节和诗词,我会反复地吟哦!对里面一个又一个谜,会有自己的思考,虽然浅显,却是真诚的!和别人说《红楼梦》时,我会有意说《石头记》或《脂砚斋重评石头记》,以致一度有些偏执地去校正别人。提示好友、学生看英语专业文献时,我会有意地说,祖国文字自有祖国文字的美,专业领域我们不如人家,文学领域我们不输人家,比如《红楼梦》。在《红楼》美梦中,接着看《周易》。好家伙,《周易》真是一个大海!相比而言,《红楼梦》只是一个盆景,非常精致的盆景而已。《周易》却是一个"筐",国学的一切都可以往里装。这么说没有贬义,只是想说我的感受:《周易》是中华文化的源头,是中国国学的母亲。她绝不只是儒家经典,道家、法家、墨家等都源自于它,佛家等外来理念的本土化也不同程度地受到了她的影响。而儒家奉之为十三经之首,我们可以约略体会到历史上儒家传人那种爱恨交加的感受。爱之则奉为经典,恨之是因为不能由儒家独占,因爱而恨啊!《周易》太复杂了,我作为业余选手,没有时间和能力去深入挖掘,真是遗憾!

  读《周易》绕不过象数学和《易林》。前者可以看清末民初尚秉和的书。后者则是汉朝焦延寿的传世书籍。《易林》本身也是诗,钱钟书所谓"四言诗矩矱"是也,除预测功能之外,很多诗字面上也很有价值,有的有美感,有的有时代感。我对诗歌的集中关注是近年的事情,只比高适略早几年而已。不知道为什么,对现代诗我始终不能入室欣赏,一直是门外汉。而对传统的律诗,随着阅读量的增加和集中深入阅读,我的感受逐渐明晰起来,算是入门了吧?这么说会被方家笑话的!那可以算是业余入门,俗家弟子了哈。唐诗、宋诗,现代人如毛泽东、聂绀弩的诗集等,现在仍在阅读、欣赏之中。去哪里玩,我会买当地的诗集,如岳麓山、苏州。看历史,遇到诗歌会格外留意,品一品它的格律、意境和含义。看书法,也不仅仅停留在字体的美上。比如启功手书《枫桥夜泊》,多次提到唐人诗用宋人本。江枫好,还是江村好?读者自有所爱!看多了自己也偶尔会写一写,自娱自乐,陶冶性情而已。如此漫漫长夜数九隆冬,或是炎炎盛夏人心思凉之际,写诗和读诗是打发时光的好办法!因为上下班要乘坐地铁,我觉得地铁里看诗歌是很好的一种方式。长篇小说很容易打断,电影动画则对眼睛刺激太大。我的爱好是看看诗歌,短短几句,一边看看手机,一边看看窗外,既不伤身体,也不用担心坐过站,更可以超脱身外那个沙丁鱼罐头般拥挤不堪、混乱嘈杂、充斥异味的世界!

妻子宝玲曾经给我的文字集命名:"登舟望秋月"(是我早期编辑的一个自选集),该句出自太白名诗《夜泊牛渚怀古》。她希望我也能高咏低吟,并且有袁彦伯那样的才华和运气。集中的文字则是我近几年游戏笔墨的结果,包括藏头、顺口、谜语、律诗,等等。内行看了可能会笑话,不过我不怕笑话。我愿意真诚地记下我的文字缘和文字的足迹!在这样祥和的冬天,虔诚地献给您——我亲爱的朋友!并借之表达我对您的敬意!

爱情——对木心一首诗的理解

2013年4月13日

读木心的文字。诗集《西班牙三棵树》中有一首分析爱情的诗,推荐给大家。其诗云:

涉及爱情的十个单行

说纯洁不是说素未曾爱而是说已懂了爱,
无限是还勿知其限的意思没有别的意思,
誓言是那种懒洋洋侧身接过来的小礼物,
现代人是眨眨眼睑就算一首十四行诗了,
何必艳羡硬边之吻几缕不肯绕梁的余韵,
情场上到处可见侥幸者鞋子穿在袜子里,

> 别人的滂沱快乐的在我肩上是不快乐的，
> 到头来彼此负心又濒死难忘的褴褛神话。
> 没有你时感到寂寞有了你代你感到寂寞，
> 清晓疯人院里修剪得整整齐齐的冬青树。

一，说纯洁不是说素未曾爱而是说已懂了爱。

真正的爱情，是两个成熟的人之间的爱欲情缘。这个成熟，主要是但不仅仅是爱情观的成熟。没有爱恨情仇的经历，爱情观是不可能成熟的。失败的爱情是其后幸福甜蜜的必要和充分条件。

爱情观成熟了，懂得了爱，才能在爱的历程中不添加任何杂质，比如金钱、家世等。当然不是说完全不考虑其他，现实生活之中是必须考虑这些其他的。这些其他应该是爱情的助力，为之争光；而不能是鱼龙混杂，泥沙俱下，或因之而背叛、而抛弃。爱情本身是纯洁的，爱就是爱，没有其他。反之，添加了这些不和谐杂质的爱，也不是真爱，对应的爱情观也不是成熟的。

经历了才懂得，懂得了才提炼，提炼了才纯洁。

二，无限是还勿知其限的意思没有别的意思。

爱情是人的最美好的感受。因为最美好，身处其中时往往就会有无限的祈盼。但现实中，人间世事，没有无限的。除了抽象意义的时间、外空、微观外，一切都有尽头。

爱情也是如此，短不过转瞬，长不过二人肉体的消亡。没有人知道界限在哪里，更不会永恒。

所以，无限可以是祝愿表达的、可以是言辞修撰的、可以是心想希望的，却当不得真，也是不可预估的。

三，誓言是那种懒洋洋侧身接过来的小礼物。

爱到浓时，海枯石烂！此时的誓言，是盛餐的佐料，是激素的前提，是电视的广告，是白云的投影！

不过也是当不得真的。

如果誓言的内容是现实可行的，固然可以考验对方的真诚，但既然是誓言，一定是有些难度的。丝毫不顾对方的实际情况，一味要求对方履约，就变成买卖合同关系了。爱情本身也变了味道。

如果誓言本身就是不可行的，比如摘星星、下辈子等你之类，那只能是听听罢了。

当然誓言也是可以作为了解对方的一种方式的。对方浪漫与否、靠谱不靠谱、是不是真的喜欢自己，誓言是可以有暗表明示的。这需要经验。

女孩子要小心，因为容易被誓言迷惑！尤其是成熟男人花言巧语和刚刚入世女孩子天真烂漫之间，近乎欺骗。

好的誓言是爱情的点缀，不好的誓言，是毒品！

四，现代人是眨眨眼睑就算一首十四行诗了。

现代男女感情的表达，不同于古代的地方，是直接明了。当然也不绝对，古人也有直接的，今人也有婉转的。只是作为时代的标志而言，以前多委婉间接，至多是暗通款曲而已。这种背景下，诗歌就是很好的表达方式，雅致、舒缓、婉约。当然这也未尝不是古人的智慧，因为这样进可攻，退可守，总比直接表达，被直接拒绝会留有余地一些，不做情人，还可以先做朋友嘛。直接表达，过于唐突，恐怕普通朋友也没得做了。

今人多直接。电影里的表达，很多都很直接，一见钟情，直言"我爱你"，或者"嫁给我吧"。如果两情相悦，可能会立即有浅深之吻，甚至是肌肤之亲了。到了21世纪，一切都是速成，青年男女哪有时间、心思去作什么劳什子诗歌啊！眉目传情、一个飞信，爱情就来了！闪婚闪离都不在话下，何况爱情！

这里有东西方的差别，有古今的差别，也有宗教、观念的差别，更是个体的差别。具体个体的求爱、示爱方式，身处其中是喜欢还是讨厌，则要看情景和双方的性格了。

五，何必艳羡硬边之吻几缕不肯绕梁的余韵。

应该是没有印刷错误，却不大理解硬边的含义，也没有搜索出单独解释的信息。木心是画家，作为抽象主义绘画分支派系的"硬边艺术"，倒是可能的词源和比喻，可惜我不太理解。"硬边绘画有明确的边线和轮廓，抛弃了抽象表现主义通常采用的色彩明暗对比和有立体空间的画面效果，代之以重视色相对比和平面感的大块色面"。

木心在表达什么样的吻？下面两种理解不知道对不对。

或者是说别人表现出来的吻（吻本身是做给人看的，此即边线轮廓的比喻），不值得他人羡慕。这本身是正确的。

或者，因为这首诗整体没有深入涉及肉欲和性，或许这里的吻可以暗示。这句话我一开始读到时，脑海中出现的是电影里常见的桥段。比如雨后，或逃亡时，男女突然相遇，在若明若暗的背景映衬下，男女在街角墙边，或者室内壁炉边（此即硬边的比喻），深情拥吻，甚而进而……带有一些安慰、一些无助、一些侥幸，甚至是一丝暴力、一丝放纵、一丝报复！如果说的是性和欲望，那这纯粹是二人的世界，艳羡是艳羡不来的！因为很私密，所以身边人真实的情况和呈现出来的面貌，可能也不一致！当然也是不必艳羡的。

但愿没有唐突木心本意！

六，情场上到处可见侥幸者鞋子穿在袜子里。

这是一个经典的、通俗的比喻的变体。俩人合不合适，就像脚和鞋子。木心说得更直白些，意思更明确了。

爱情固然是极为私密的事情，很多不足为外人道。但两个人也不是生活在真空里，外露的蛛丝马迹，会反过来透露出俩人和谐不和谐，乃至会不会长久。

不过往往当局者迷。

建议热恋中的男女，听听父母、好友、同事的评价和建议，一定是有益的。当然相关方可能会有其他考虑（比如父母会考虑对方的家庭、工作、收入、长相等),但先知道旁人的评价建议是必需的,至于接受与否,受影响与否,则见仁见智。如果这个个体成熟了,此类状况的处理自是不难。

七,别人的滂沱快乐的在我肩上是不快乐的。

上一句说俩人不合适,这一句说俩人合适,但外露太多。

固然热恋男女是非常快乐的,不过完全不顾忌旁人的感受,也是不大合适的。地铁里常常见到,俩人激情深吻,全然不顾旁边陌生人的存在。如果吻时还带有出格的动作,夸张的声音,那对旁人而言,简直是经历一场炼狱!

单纯这句话本身,字面上应该也有另一层含义,就是旁人的妒忌。不过前面第五句提到"何必艳羡",合看就知道超脱在先了。

八,到头来彼此负心又濒死难忘的褴褛神话。

情深时柔情蜜意,双宿双飞!情变时昨非今是,负心赌气!感情就是这样运化多端,变幻莫测!

一些事情、感受会刻骨铭心。不过很多也会随着时间的流逝,遗忘了,释然了,超脱了。

这句话字面意思不难。作为本诗的一行,我有些不明就里。负了就负了,或忘或记,哪里有神话在里面?"彼此负心又濒死难忘"是现实,哪里是神话?伤的深了,一辈子记得,永远不会忘的。

九,没有你时感到寂寞有了你代你感到寂寞。

这也是爱情中的常见情况。

爱情最巅峰的感觉,是激情的燃烧,是热血的沸腾,是生理的躁动,是心感的飞翔!不过不可能永远这样。

热恋时,俩人往往还没有生活在一起。分别后,寂寞冷清,自是别有一番滋味在心头。禁不住的女孩子,多愁善感的男孩子,甚至会对墙默默地哭泣,长久分别的,甚至会害相思病!

在一起了呢,会怎样?激情不可能一直延续到终老身死。俩人总会回复到平常,过普通日子。而且大多数时间,只是平凡。其实辩证地看,

激情,恰恰得有平凡来映衬,否则也就不是激情了。这时候感到寂寞是正常的。

"代你"两个字倒是有些婉曲。我仍然爱你,所以会"代你"。你已经不爱我了,所以你会寂寞。我深深地爱着你,所以这份不爱我的寂寞也能"代你"。这已经有牺牲、有伟大在里面了。女孩子这样会多一些。君不见,"痴心女子古来多,专情男子谁见过!"

十,清晓疯人院里修剪得整整齐齐的冬青树。

疯对应的是理智。理智在爱情里是必需的。没有理智,爱情是疯狂,是呆傻,是纯粹的柏拉图,是混杂的欲望岛,是赤裸裸的不择手段,是明晃晃的拙劣表演。

理智对应着社会的成熟度,对应着个体的三观,话题大了,不赘述。

理智和情欲有时候又是矛盾的。平衡需要技巧和方法。

这句也是一个比喻。现在也常常说爱情的男女是傻子,结婚的男女会发昏!所以疯人可以是对爱情之中男女的比喻。冬青树则是告诉他们,热恋固然美妙,但热恋之外,还有衣食人际,还有学习事业,还有风清月白,还有大千世界!

爱情不是一切,爱情只是人生精彩的一部分!

上面写了我的读后感,也算是我的爱情观。下面补充些自己的感想。

一,大学生的恋爱:个人认为,大学期间三件事最重要。第一,顺利毕业,拿到毕业证。这是进入社会的前提和基础。第二,为自己确定未来的工作、人生方向,是专业工作,还是科学研究(二者包括具体方向);是商海驰骋,还是官路纵横,要在大学期间明确。这涉及大学生自己对社会、对自我的认识和定位。第三,可以谈恋爱。我个人的价值观中,家庭是最重要的,而爱情是婚姻的前提。大学期间,学生心身逐渐成熟,恋爱正当其时。恋爱可以加深对自我和对社会的认识,加深对异性的理解,促进自己进一步成熟。这段经历更可以为未来的感情积累经验。经验是最重要的。英语世界里有一个经典的比喻,经历像河流,经验和观念像河床、河岸,下游的河岸会约束河水的恣意,但这个河岸也是河水从上游流下来冲刷出来的。因此二者是相促成、相约束的关系。如果我们期待着某个年轻人有成熟的爱情观(河床与河岸),能够理智地控制他/她的爱情选择,那我们一定得允许他/她先有爱情的经历(河流)。美俚 You have to kiss an awful lot of frogs before you find a prince 就是这个意思。

二,女性的主动性:传统来讲基本是男追女,现在的情形,女追男也可以。女孩子遇到心仪的对象,完全可以主动些。有些机会,错过了就错过了,永远没有了!当然,一见互钟情,是最好的,不过可遇而不可求。

三,有些青年——更有些老年人憧憬年轻人应该如此——认为柏拉图式的爱情(只是心灵的交流爱恋,没有肉欲)才是爱情,有了肉欲就不是爱情了。这有些脱离现实了,近乎梦呓。

生物学意义上的人,要生养下一代延续遗传信息,因此肉欲是必需的。而爱情是婚姻的前提,婚姻是合法性行为、生育下一代的前提。爱情中禁止涉及欲望和性,于人类而言,近似于集体谋杀,其心不可问。欲望是天然存在的,没法禁止,仿佛饿了要吃饭,冷了要穿衣,在一般意义上对之完全否定,肯定是错误的。当然反之,也不能纵欲,不能有不负责任的随意性行为。吃多了会撑坏肠胃;吃了人家嘴短,一辈子抬不起头的,一样道理。

欲望是爱情的一部分。爱情包括思维层面和生理层面,一般意义上的爱情,这两方面都是必需的。心灵和思想上,彼此理解,彼此欣赏,包容对方的缺点,激发对方的优点。生理上,肌肤之亲,鱼水之欢,和谐缱绻,情意绵绵。这是人间最幸福、最快乐的事情!

性行为涉及一个起点的问题。什么时刻开始可以有实质性的性行为?随意开始是滥欲,肯定是错的。完全等到领证、婚礼之后才有,固然符合传统,但也不应该绝对化,"一刀切"。婚前的理智下的性行为,是自然的存在,既没有道德的瑕疵,也不必法律的苛责。这个理智包括:双方心智成熟、社会经验足够;双方真诚恋爱,婚姻是可预期的将来,甚至是计划之中;合适的时间、地点、状态;双方同意,而不是单方面意愿(即使是婚内,违背

意愿也是不可以的,所谓"婚内强奸";生理学知识足够,包括卫生、避孕。

对性行为在心理上的肮脏感或不洁净感:心理上的这种束缚往往来自于自我或他人的错误观念和不正确的暗示,应该调节、化解进而抛弃。生理上的卫生倒是要认真对待的,但也不要过分,变成洁癖、强迫症则仍是心理问题。此外也不要对适当的性行为有负罪感,不要被性行为绑架。古人或某些民族可能有这样的风俗,有了性行为,就必须做一辈子的夫妻。现代观念里,这样显然不合适。背负这样的十字架,是没有必要的。

大学期间,不提倡婚外性行为。

约略写了些自己的爱情感受,不一定正确,大家多包涵。同时,希望大家关注木心!其人仙逝,其文灿然!其人历劫,其文醒世!金钟形声悦耳目,木铎文心湿我衿!

此外,也许可以附带说一下,我还是不知道所谓现代诗在形式上的旨要是什么。我试改木心之诗,本其意而变其式,用仄韵,诸友哂之。最后两句是我的感受,"警幻"词源《红楼梦》。正是:

已历曾谙始能洁,无限仅勿知其限。

誓言不过花几朵,今情无韵直相见。

硬边狂吻海中雨,此中滋味庐山面。

忌他开怀本可私,负心铭骨屡为愿。

激热过后归寂然,痴神别忘天一片。

爱欲本为人之初,蝶意鸢行有警幻。

2013年4月18日补录:

好友海鹏还提到第五句的"不肯绕梁的余韵"。我前面文字没有提到对之的理解。其实我纠结于"硬边",不知道前文的理解正确与否。所以基于该词的意思就没有展开。现在想想,可能有三层意思:

所谓"硬边",就是不够缠绵、不够"飘柔"的意思,自然没有余韵。没有了,也就谈不上绕梁与否了。

没有必要有余韵。对应前文的第一层含义。"吻"本身是做戏,何必余韵啊！真需要的话,也是接着演戏,不必艳羡的。

没有机会有余韵。对应前文的第二层含义。如果前文联想的桥段是正解,那恐怕也没有机会有余韵了。影像定格于观者脑海的同时,也变成了局内人的美好回忆,只是再美好也仅仅是回忆,不是余韵了。

诗歌的美妙之处就在于有些句子在解与不解之间。所以上面文字(前文和补注)的解释有些过于板滞和牵强,大家包涵！而友朋间的探讨交流,却是人间美事,陶渊明所谓"奇文共欣赏,疑义相与析"是也。固然我们的讨论没有李杜间"何时一樽酒,重与细论文"那样的境界,美好的感受却是共通的！

另有友好提到两个问题。

一,"为什么要谈恋爱结婚,一个人不是挺好的嘛！"

这种问题的提问者一般是在两极,或者是情窦未开、涉世尚浅,或者是曾经沧海、饱受折磨。向我提问的友好显然处于前者。我的理解:生物学的意义前面已有供述,此不赘言。思维、感受、心理、社会层面：

爱情是人类最美好的感觉。完全没有经历,未免白来人世一场。即便是有些人被爱情折磨,甚至苦不堪言,我个人认为仍比一开始就不参与要好一些。领略了,没有遗憾！

身边总有一些优秀的人。遇到这些优秀的人,是上帝赐给我们的最佳礼物,不深入交往,着实可惜。如果是适龄异性,外界条件允许,不妨启动一段情缘,此乃人间至美佳话——最是那一见倾心的砰然悸动,所谓黯然销魂是也！

总得有人理解、支持我们的行为、思想吧。朋友固然可以如此。爱人却更好,也可以更深刻、更持久、更具体、更明确。

两个人一起应对外界的一些困难和挑战,比一个人要更从容些。

每个人都有内心的苦恼,每个人也都有自己缓释压力的方式。向爱

人、情人倾诉，是很好的一个选择。

普遍的观念是要结婚。一直一个人的话，要面对外界不断地提问、质疑、揣测和因之而来的负面影响。能够顶住这些压力吗？私揣有点儿难。

恋爱→婚姻→生子——人间三部曲。没有恋爱，婚姻，孩子何从谈起？孩子不光是生理意义上的延续，他/她带给我们的无尽快乐，他/她激发我们的深入思考，是其他所不能代替的。

人是社会动物。合作是人类生存所必需。情人间、夫妻间，是人类最基本的合作模式。没有经历这种合作，其他合作的一切都会打折扣。

对社会的理解：很多社会现象（西方一些学者甚至认为所有社会现象）中，两性的情愫是必然存在的构成因素。不理解男女情鸾，对这些社会现象也恐难有深入体会。而且，男女感情比较简单，比起政治的波诡云谲、历史的扑朔迷离、自然的繁复奥妙、人类生理与社会信息的多姿多彩，两情相悦虽然极尽微妙，却也很好理解，相对容易一些。很多人是通过恋人、爱人认识社会、认识异性，甚至反观自身的。

上面这一些，也抵不住欲望一条。上帝造人如此，成熟之人自知！

对情窦未开的少年，很多时候，"一个人过一生"，可能仅仅是一时的想法。很可能，时间、际遇会改变一切！当然，一个人过还是两个人过，是个体的自主选择。慎重而理智的抉择，自会赢得亲人、朋友的理解和尊重！

二、爱情与婚姻的关系。

我的理解和社会一些观念正相反。一些观念认为"婚姻是爱情的坟墓"。我则认为：对爱情而言，婚姻是一种勇气、一种担当、一种义务、一种决心，历经世事沧桑，在不离不弃的婚姻中仍有爱情，仍能坚守爱情的美好与希望，其爱才是最高境界的爱情。固然有些人会有机会为爱情做巨大奉献，甚至牺牲生命，但多数人如你我，不过碌碌尘寰中凡夫俗子，没有机会舍生忘死、大开大合。我们每天不过上班下班、孩子父母、柴米油盐、生老病死，但就是在这些积年累月的世俗琐事中，夫妻的爱情能够保真、保鲜、保险、持久，才难能可贵！所以，从爱情走向婚姻，不是走向坟墓，而是双方有信心有决心,在这样的生活马拉松中,战胜一切干扰、困难,把爱情推向极致! 其实,对婚姻的恐惧,恰恰是对爱情的不自信。反之,情到浓时,"我们结婚吧!"有人以为,这么说有些理想主义色彩,确实是有些理想主义。因此在婚姻中保有爱情,需要经营、技巧、智慧和思考。当然这是后话,兹不赘述。

爱情,始于欣赏,基于包容,止于欺骗,乐于共鸣!

爱情,成也婚姻,败也婚姻,无奈也是婚姻,曼妙也在婚姻!

我要"杀人"——致检验系的兄弟姐妹

2013年4月30日

题目是一个噱头。"杀人"指"杀人"游戏。

前些日子(4月20日,谷雨),我经历了人生的一个第一次:玩"杀人"游戏。以前听我爱人、朋友说过,都随风而逝了。这一次真的经历了!啊,惊心动魄啊!游戏中知道当天早晨雅安发生大地震,更惊心了!

其实游戏都是对现实的模拟。比如,围棋是对中国传统哲学阴阳观念的模拟。麻将是对传统的国人人际关系的模拟。"杀人"游戏也是一种模拟。这个游戏折射出来的现实情景包括:矛盾是世界的本质、人际合作的重要性、信息不对称、语言的欺骗性、超自然的力量、永远有变数、价值取向、时限和效率、惩罚的乐趣、性格即命运等。

一,首先我们看矛盾。

这个游戏的主体是"杀人犯""坏蛋"和"警察"。二者是典型的矛盾关系——敌我矛盾关系。

现实生活中矛盾无处不在,无论通俗意义的争执、不和谐,还是哲学意义上的二元对立统一(引申一下,我不认为矛盾的通俗意义和哲学意义有本质的不同,虽然一个是具体的,一个是抽象的)。有观点认为矛盾运动是这个世界的本质,我赞同该观念。如果我们认可矛盾的本质性的话,那么进一步的规律是:矛盾是对立统一的。矛盾中,对立导致一方试图消灭另一方,而另一方在哲学意义上是不会被消灭的,是为统一。现实中有些暂时矛盾,一方可以被消灭,但此时另一方也已经质变,作为哲学意义,也已经消失。这仍是统一。统一存在,统一消失。

矛盾有的温和,有的极端,取决于对立与统一的程度。温和矛盾,对立弱而统一强,彼此和谐共处,运动发展。极端矛盾,对立强而统一弱,其终极是敌我矛盾。温和矛盾和极端矛盾是可以互相转化的。无论事情大小、矛盾强弱，都能友好协商解决，需要经验、技巧、智慧、心胸。温和矛盾处理不好，就会恶化为极端矛盾。而敌我矛盾时，如果能以平常心、宽容心、发展的眼光来看问题、选方法，则可能促进对立的弱化，甚至转化为温和矛盾。由此可知，真是敌我矛盾，也不必一定要在肉体上消灭对方。只要对方不发挥主导作用，己方能控制局面即可。现实制度设计中，能否纳入所有矛盾相关方，能否有效促进矛盾的弱化和转化，是制度有效运转、长久运转的关键。符合彼时彼地的实际、符合社会发展趋势的制度，必然会长久有效地运转。如中国秦朝的中央集权制度，后来历代郡县制和分封制并存的制度，如欧美的三权分立制度、言论自由制度。言论自由制度就是一个化解矛盾、促进矛盾弱化的有效方式。而转化的具体实例也有很多，正面例子如康熙处理满汉矛盾，反面例子如传统男尊女卑观念走向极端导致女性受压迫，形成"吃人"社会。

复旦大学投毒案中林某固然心理变态，但他没有对别人下手，只对同宿舍人下手，归根结底，还是彼此之间的矛盾激化了。意识里他把室友间偶尔的矛盾、温和的歧义定义为极端矛盾，并因而痛下杀手！

这个例子值得我们思考。如果我们在一个矛盾中觉得自己处于弱势，被他人误解、欺负，甚至迫害的话，而有时真实情况也是这样的话，我们要积极寻找解决方法，转化局面，规避矛盾，避免激化。千万不要直接采取极端手段。因为这样固然暂时泄愤，但自己一生也毁了。另一方，如果在彼此关系中处于强势，一定要学会收敛、内守、低调。过分地暴露、张扬，把自己的欢乐建立在他人的痛苦之上，甚至明目张胆地欺侮、压迫别人，强势方会处于很危险的局面。如果对方采取极端手段，猝不及防，杀身之祸近在咫尺。正所谓"骄兵必败"。

总之，双方都要学会忍耐！忍字心头一把刀！即使刀压颈项，也要学会理智、克制，这样的话很多问题都会峰回路转，迎刃而解！双方也都要学会淡然！淡字能容水与火，虽然水火势猛，若能淡然处之，一切自会烟消云

淡,月白风清!

　　当然,真正极端的情况时,也要学会处理敌我矛盾的方法。比如当年日军侵华,民族危亡,迫在眉睫!此时无原则的调和矛盾,会恶化局面乃至不可收拾,终会遭到国人唾弃,史笔挞伐!人类在这方面的总结很多,如《孙子兵法》《毛泽东选集》,都会给我们以经验和智慧。

　　实际生活环境中,极少有极端矛盾。如果你的意识中时时都有很多极端矛盾甚至敌我矛盾,那必须得调整心态了。对极少数的极端矛盾,在造成实质性伤害之前,也应该尽量按温和矛盾的情况处理。当然防止实质性伤害的小心谨慎还是要有的。俗谚"害人之心不可有,防人之心不可无",此之谓也。

　　二,我们看团结合作。

　　游戏中,"杀人犯"团结一致"杀人"、团结一致混淆视听。"警察"团结一致指认"凶手",团结一致清除"坏蛋"。

　　人是社会动物,人与人之间的合作因而成为必然。一般情况下的合作可以理解。上面提到的敌我矛盾中,敌我双方能合作吗?答案是能!这取决于双方的矛盾是主要矛盾还是次要矛盾。典型例子是日军侵华时,民族矛盾为主,国共握手合作。当然这是有限地、暂时地甚至是带有敌视色彩的合作,但也没有人会否认这是合作。这类敌我矛盾能够携手,靠的是双方的远见卓识、宽宏气量、天时地利。所有合作的内部、外部条件都是如此。

　　就现实社会而言,合作的要素包括平等、互惠、互谅。互惠是合作的动力,没有互惠,合作不可能长久。互谅是为了化解内部矛盾,消除一般误会。三者中最关键的是平等。今天,平等是大势所趋,人心所向。平等、互惠、互谅三者具备,同人合作团结一条心,黄土都会变成金。

　　当然平等永远是相对的,不可能是绝对的,在什么层面平等值得大家思考。平等原则体现在组织流程上即是民主。而条件允许,团体内公平投票是最好的民主决策、选择方式。投票本身很简单,透明、公开即可。难在投票前的一系列游戏规则,辩论的充分、动议的确定、结果的判断、决策的实施等。当然我们也不要把民主、投票绝对化。和平等、民主并列的是人间的基本正义(人权、理解和关爱)。如果舍弃这些正义,那投票只是虚伪民主。比如布鲁诺的死亡,当时的意大利人,用石头和火焰投了票,杀死了布鲁诺。这是典型的恶民主、假民主。游戏中可以投票"杀人",仅仅是游戏而已。现实中发生的投票杀人,都是多数人对少数人的暴力,是巨大的悲剧,是人类兽性的肆虐!成熟的良好的社会,不会发生这种情况。

另外一个难处理的内容是,现实中很多决策、判断需要团队的核心人物直接进行。此时团队对领袖的授权、控制、结果判断、评价等都需要智慧和规则。原则上讲,人的平等性和事务决策的等级性是有矛盾的——根本性的矛盾。这一点,即便是西方发达国家,很多领域也差强人意。这恐怕是人类的困境,从本质上讲永远也解决不了的。

年轻朋友刚刚涉足社会,进入一个新环境工作时,首先要明白游戏的规则、事务的轻重。此中合作的形态——在什么层面上平等,在什么事务上"等级",以什么方式合作——至关重要。无论中西方团体,对领导真诚尊重全力执行命令,和同事友好合作避免冲突,对工作对象热诚,于接触初期的适应而言,都是必需的。

我们的传统教育中,具体的合作培训、教育偏少,很多都是口号式的宣传而已。现在很多社会培训机构通过理论、案例、游戏等方式训练大家的团队精神、凝聚力,是对正规教育的有效弥补。

三,我们看信息不对称。

游戏中,除了"法官"外,"杀人"者知道的信息最多,而平民所知最少。

现实中信息也是不对称的。现实环境中,每个人接触到的信息量可以说是海量。家庭、工作、癖好、社会等不同角度,都会有大量的信息。即使是水平很高,记忆、分析能力超强的人,知道并完全理解的也是极其有限的信息。由此我们知道,一个良好的社会,必然会通过一些机制,让信息尽可能公开,环境尽可能透明,以避免居心不良者浑水摸鱼和巧取豪夺。社会

诸方面中,政府是一个独特的存在。政府具有超强的力量,拥有决定性信息。而政府本身是纳税人缴税支撑起来的公共权力。因此,一个良好的社会,政府必须透明度最高,大多数领域要绝对透明,特殊领域也要相对透明,并且能够有案可查,以利于责任追溯。

于个人而言,我们一生可能仅仅会在一两个领域,从事一两个专业。面对海量信息,我们要具有一定的抽象能力,从本专业中抽象出一般通常的原则;也要具有足够理解能力,能够触类旁通;更要尽一切可能,身临其境。换句话说,尽可能做到理解信息,这样会将不对称转化为对称。这种积累是个慢工夫,如果没有机会行万里路,那读万卷书则是不二法门。今天,书籍只是诸多信息载体之一,信息存在形式、发布平台异常丰富。"百度知道,你就知道",百度或谷歌是所有人的平台。须进一步强调的是,一定要注意信息的权威性。所以百度是起点,但绝不是终点。很多专业数据库会给我们的深度需要以满意的答案。学会应用专业数据库,是我们成熟的必要条件之一。

没有信息时,信息本身很重要。信息冗余时,规律很重要。

规律是对具体数据的深入分析、有效概括、高度归纳、哲学抽象。好的知识平台都是数据和规律并存的。我们的传统教育中,对规律的深入分析和思维的真实训练偏少,仅仅是灌输了一堆知识碎片而已,针对规律却没有有效运用的锻炼,没有现实具体的思考,没有深度辩证的探索。就像只硬性要求人家背字典,却不教给人家如何查字典,如何用字典似的。从这样的教育体系出来,我们自己要在生活、学习、工作中进行补充、强化。做得好,生活工作可以风生水起,科研可以如鱼得水,哲学层面会有深入理解,跨领域可以游刃有余。

四,语言有欺骗性。

游戏中尤其是"杀人"者的语言,会故意地混淆视听,抹煞是非。这在现实中也是屡见不鲜的。

我认为谎言是人的固有特征之一。为什么呢?人和动物的区别是有思维，有语言表达、有理念指导下的非本能的行为。思维是抽象概括逻辑推断，表达和行为是思维的外化表现。思维如果有意地扭曲事实，有意地逆向引导，则语言即为谎言，行动即为欺骗。我们不能没有思维，那我们必然会有谎言。当然很多时候谎言是有害的，或者说很多人不喜欢谎言，因而我们应该尽量避免说谎，只有在特殊情况下，迫不得已时，对他人的伤害最小的前提下，才可以说谎，否则沉默是更好的选择。现实中，有时候我们的少儿教育面临这个难题。一方面会要求小孩子诚实不说谎，另一方面我们都知道，说谎是必然的。我个人觉得，撒谎可能是孩子成熟的必由之路。

当然，谎言不全是有害的。不过因为它是双刃剑，成熟的人应用时会慎之又慎！

生活中，如果你相信身边人和陌生人的所有的话，那只能说明你还很不成熟。反之，如果你认为所有语言都是骗人的，那也说明你还不成熟。成熟的人，会辩证地分析这些话的真假、深浅、范围、后果。锻炼的方式之一是能不能分清别人的玩笑话。很多年轻朋友初入社会时是分不清一些老江湖的玩笑话的。

现实中谎言相关变量包括事件重要性，信息对称性，对话双方的动机、地位、智慧和彼此的关系，对话的环境，谎言被揭穿的可能性、时间、后果等。一般而言，越是利害攸关的情况，相关方说谎的概率越高。信息丰富的一方更有撒谎的资本。一方动机充分、位置优越、分析能力很强、具有强大的控制力，说谎的概率高，另一方说谎的概率低。对话的环境有微妙的影响，私密场合容易出现谎言，公开场合容易外交辞令——也是一种谎言。谎言被揭穿的可能性越高、越快、后果越严重，谎言出现的概率越低。上述变量组合排列，衍生出现实的种种幻象和真实，构成了人类社会一道诡异的风景！

分析谎言需要智慧，揭穿谎言需要证据。谎言具有一定迷惑性，不会分析，自然容易被蒙蔽。一般的信息、规律，该具体事件的分析、判断，行为

人的言和行，尤其是行，都至关重要。初入社会，真假判断的经验不足时，一事当前，最好是找到重要亲友或局外人士帮助进行思考，或听一听有共同利益的相关方的观点。他山之石，可以攻玉！平日积累时，历史、传记的阅读会给我们极好的经验。太阳底下无新事！你百般纠结的，可能别人早已有了良方。如果存在，专业第三方的介入至关重要。法律、财会金融、医学等专业领域已经极为复杂，判断不明时，可以求援外力获得结论，所谓行家一伸手，便知有没有。

需要注意的是，公开一个谎言、是非的判断，一定得有实打实的证据。游戏中可以推理。但现实中纯粹的推理，绝大多数情况下，是不会让对方屈服的，甚至也不会让局外人所理解。胡适说得好：大胆地假设，小心地求证。有时候不揭穿更好！要么装聋作哑，要么顺水推舟，要么将错就错！

我们要注意区分，谎言不是误会。谎言是甲方主动的欺骗。误会是乙方理解歧义导致的错误。

善意的谎言：说谎者的出发点是善意，怕对方知道真相时受到伤害。父母对子女，老师对学生，家属对重病患者，往往会这样。现实中后来谎言被揭穿时，往往一方执着善意，另一方执着真相，导致骑虎难下。值得我们注意的是，除了极其特殊的情况（如未成年教育、涉暴、涉黄、有血腥场面等），我们不要轻易启用"善意的谎言"。因为对对方而言，这是不公平的。我们要尽量让对方知道真相，由对方自己判断。代人判断，即使不是别有用心，也常常容易弄巧成拙。反之，被善意时，也不要过于执着，很多事情是可以释怀的。

复旦投毒案中，林某作案后，知道黄某必死时，还能和黄某父亲同处一室，坦然面对，家长里短，神色自若；作为B超大夫，还为自己戕害的对象进行B超体检，参与病例讨论、分析病因。可见语言的欺骗性有多么巨大，更可见语言背后的思维、心理可以达到的程度！

五，超自然的力量。

游戏中的"法官"，就是超自然力量的代表。因为现实中没有谁会知道所有事件的进程、结果。

现实中没有超自然力量。它更多存在于科幻作品、人的意识中。之所以我们会觉得有超自然力量，是因为我们大脑认知外部世界的能力有限，对客观世界的所知也有限。现实中帝王权威、宗教领袖一度曾经是超自然力量的代表，但今天，他们的光环都褪去了。在今天的时代背景中，管理者为自己涂抹超自然的色彩是件很危险的事情，要么是皇帝新装，会被有识之士一语道破；要么在事故未发时会自我麻痹，漠视矛盾进而导致矛盾恶化；要么在事故之后被管理者产生被欺骗、被愚弄的感觉时，会被疯狂反扑，乃至被落井下石。

法官在现实中是存在的。法官是基于法律规定、事实证据对一个行为进行法律判断、量刑定罪的人。现实中的法官没有超自然力量。只有宪法法律、立法机构赋予的专业权力。为什么我们说法官没有超自然力量呢？因为法官的判断依赖于证据。没有证据，法官不能定罪，即便事实上被告真的有罪。尽人皆知的例子是美国的汤普森杀人案。大家都认为他是罪犯的时候，法官认为证据不足，尚不足以定罪。所以法官也是现实中的一个人，只有有限认知能力，不是无限超人。

现实中，头脑里倒是可以有一些超自然观念的。它们是生活的调剂，是对未来的幻想，是思维的乐趣。如果你不能容忍旁人基于此类观念的玩笑、说辞，那只能说明你是一个枯燥乏味的人。幻想是多么快乐的一件事啊！当然也不要迷恋超自然力量，更不要把事件因果归功于，乃至于全部归功于超自然力量。因为这样的话，最终受害的一定是持有该观念的自己。

实际生活中会遇到预测的情况。预测是主观的判断，智慧的体现，人类的本质需要。明天会不会下雨，下月工资涨不涨，我们都会有预期和预测。既然是预测，是主观的判断，那么和客观、和未来有不同，就是必然的。要求预测百分之百准，就是要求有超自然力量。比如地震预测要求百分之百准确，是过分要求，因为永远也不可能做到。盲信算命，认为算命者有超

自然力量，也是不对的，我们不要被一些算命者的自我粉饰所迷惑。我读过《周易》。按照一些《周易》的原则、规则进行判断，是一种预测，偏主观的预测，不是超自然的力量。它仅仅是一种预测方式。我们坚决反对打着《周易》预测的幌子进行行骗的行为，但我们也不能盲目否定一切预测。

这一点青年朋友要小心。遇到问题时，分析一下这个问题是否会有专业人士进行判断，有则谋求其帮助，是为上策。没有时，可以征询亲友、共同利益方的建议意见，此为中策。

六，永远有变数。

游戏中的"巫师""医生"就是变数，不确定性。她可以"杀人"，也可以"救人"。当然游戏规则限制导致游戏中这种变化、变数很小。这个游戏要是想再复杂一些，更好玩一些，这个环节可以有针对性地加强。

现实中的变数就大了。除了一些抽象意义的时间属性、有限的几条哲学规律外，一切都有例外，一切皆有可能！前面提到，矛盾运动是哲学意义上这个客观世界的本质。如果你认可这个观点，那变数就不但可以理解，而且可以认为是必然的了。一个在语言上很有意思却近乎悖论的概括是，"唯一不变的是变化"。

因为变数大，所以我们要知道规律，学会抽象出规律。但更要在规律的基础上知道变数，对变数进行进一步分析、归纳。知道有专业规律，是专业学习。会运用专业规律，会抽象规律，知道规律会有例外，是专业人士。在规律之外寻找变数，在变化中看到更新的规律，是专业的高手。真正意义的科研，就是在规律边缘游走，探索变化、未知中的信息、规律。生活中也是如此，越是擅长观察、归纳规律，越会如鱼得水！今天的社会，已经演变为专业型社会。很多领域非常专业化。年轻人进入其中，要想立足上升，非得苦练专业技能不可。所谓看花容易绣花难，说明了专业的难度；所谓铁不炼不成钢，说明了刻苦锻炼的重要性。

预测时也必须考虑变数。经过很多事实检验后我们知道，预测永远有不准的情况。反过来，不知道预测结果时，我们要把预测的变数尽可能考虑在内。

另一个和变数有关的情况是，因为这个世界太富于变化，人心也太富于变化了，很多时候我们需要规则，来限制变化，确定底线。"杀人游戏"自有其规则，就是为了确保游戏的正常顺利进行。而现实中，法律的作用就是为人们确定其行为的法律底线，专业规范则是为了确定专业行为的标准。现实社会里，政府行为应该是最少变化的。其变化也应该是最透明的，经过充分预先讨论的，经过公民、立法机构授权的。这样会给公民以稳定、长期的预期。因为运动变化是这个世界的本质，是很多事情发展的充要条件。所以规则制定者面临的困境是如何在变与不变之间谋求一个平衡。有人说，政治的本质就是平衡，旨哉斯言！而20世纪80年代我国经济运行的一个特点是：一放就活，一活就乱，一乱就收，一收就死。我们不能容忍经济陷入死水，却又不能坐等混乱。活而不乱，需要良好专业的经济规则和精细稳健的调控手段。美国的经济都曾遇到过运行不畅之际，甚至导致实体经济运行都出了问题，那我们就可以理解这个难度了！

从逻辑上来讲，越是硬性约束，越容易确定；越是软性调控，越容易生变。前者如司法，后者如教育。内外部条件多而易变，导致教育成为件很无奈的事情。人性复杂多变、家庭社会环境之不同与变迁、社会软硬暴力俱存、时地局限、机会成本、自身的薄弱和问题，等等，教育于此无能为力。《红楼梦》中的一句"训有方，保不定日后作强梁"，即道破天机。事因难能，所以可贵！由此我们要对那些在教育领域做出真实成绩的先贤致以敬意。同时我们也不要对教育心存幻想和苛求。可以说一个具体例子。很多专业的老师在了解毕业班中只有半数人从事本专业领域的工作时，他们会惊呼，怎么只有半数！人有自由，不从事本科专业是行为主体的正常权利；国内的专业确定过早、过于武断，不从事所学专业领域工作是合理的调节；学生数量是人为确定的，而就业市场无法预估，毕业时需求总会有多有少，部分人不从事也是形势使然；即便是欧美，从事本科专业的比例也仅仅是20%左右，我们的30%、50%已经很高了。如果我们从根本上理解教育的

困境，那这些貌似问题的问题，就不存在了。

司法却和教育正相反，应该非常明确才对。变数过大，最终受害的是司法权力本身。

前面提到年轻朋友刚进入一个新环境时，首先一定要明白"游戏"的规则。规则是什么，潜规则是什么，灵活性/变数是什么，谁、什么时候、什么条件下可以灵活求变，必须得知道。而向领导、有经验的先来者学习请教，是获知的不二法门。

这里还涉及潜规则，即没有明文规定的，却是组织内很多人共同遵守的规则。一定要知道"不传之秘"，是规则学习的不传之秘！需要注意的是，潜规则不光中国有，哪里都有。这仍然是规则制定者面临的难题，规则的粗与细，范围的广与狭，执行的严与宽，未来的变与不变……明文规定不可能全部覆盖，因此，潜规则有其必然性！此外，什么时候可以把潜规则明文化，什么时可以打破潜规则，需要考量和智慧。

七、价值取向。

"巫师""医生"可以"杀人"，也可以"救人"，这体现的是人的价值、行为取向。

一个人内心的价值观，于己而言，是非常重要的事情。简单的两个极端：如果一个人的所有收入都藏入密室，束之高阁，丝毫不在自身、家庭生活改善方面有所投入，抱定了做一个守财奴，我们会觉得这个人是葛朗台——真可恨；反之如果一个人把所有收入都挥霍一空，沉迷于物质享乐感官刺激，我们会觉得这个人是疯子——也不可爱。这些行为体现的就是这个人的消费观念，背后是价值观。当然价值观不光是金钱消费那点儿事。归根结底，价值观是一个人认为什么是最有价值的，自己的一生怎么过，追求什么，怎么活才最有价值！你说，这重要不重要？

传说美国社会的主流价值观是三种。如果喜欢权力，喜欢在政治领域纵横驰骋、名留青史，则从政。如果喜欢金钱，喜欢聚敛财富、支配物质世界，则从商。如果喜欢探索自然、人心的未知与奥秘，总结规律、净化心灵，则从事科研、教育工作。当然这只是一种泛泛的概括,彼此分野也没有那么明确,不过倒也不失为一种方式。于刚刚步入社会的青年朋友,可能有一定的启示。

价值观的养成和家庭、教育、童年及青年时代的经历际遇都有关系。

家庭是一个人很重要的成长环境。父母亲人的价值观以及其性格、学识、眼界、家族传统、职业、经历等都有一定影响。我们看到,很多家族性的成就构成了人类历史上非常耀眼的星。文学领域,如中国宋朝的三苏、法国的大小仲马等;政治领域,不乏康雍乾三代卓异,美国如肯尼迪家族、布什家族;科学领域如居里家族等,不胜枚举。子从父业,至少我个人认为是很好的选择!年轻人长大后,和家庭有关的需要反思的情况包括三点。其一是自己是否还有逆反心理。逆反心理会导致我们漠视父母的忠告,看不到他们的优点和付出,甚至背叛家族的传统和利益。逆反心理其实是一个人心理不成熟的表现。步入社会,走向成熟的青年朋友要学会反思和自我调节。其二是亲人存在心理问题。父母也是人,必然存在缺点、局限,有人格心理问题的也不在少数。我们长大后要尽量祛除这类来自亲人的负面的性格、心理影响。第三,家族亲人的人格是健全的,但家庭环境不理想,家庭教育不到位也会有负面影响。比如过于贫穷或豪奢,比如单亲家庭,比如突发的重大转折等。条件过于优越,父母身份特殊,家庭教育却不太健康、完善,最终导致了他的悲剧,值得反思。为人父母也要小心。亲子关系是一种特殊的人际关系,以分离为目的——子女越早独立,越能够更快地适应社会,父母的教育越成功。所以要保护,但不要过度保护!要决定,但不要替代决定!要思考,要学会换位思考!要放手,要学会及早放手!要鞭策,但不要无原则地褒奖!要警示,但不要负面意义地惩罚!因为家庭教育有局限,所以我们需要社会提供正规教育。

教育的核心即在价值观与适应能力。个人以为前者甚至比后者更为重要。正规教育中,如果没有切合实际的正面价值观的养成与引导;只灌输海量知识碎片,却没有明确具体的方法学传授,没有针对现实问题的解决

路径告知与探索,没有针对具体环境的进入、适应锻炼。反之,则对一个人的成长甚至会起到决定性作用。爱迪生就说过,幼儿园教育对他的影响最大,后来也有诺奖获得者提到他接受的幼儿园教育的正面价值。诸位朋友无论身处正规教育体系之中,还是已经离开这个体系,都要反思这个体系对自己的影响。缺失的要弥补,错误的要改正,落后的要赶上,有益的要落实。我自己可以提供一个具体例子。方法学是实验室专业的根本,方法学评价是实验室专业的教学关键。我身处实验室专业,本科阶段竟然没有课程系统性教授方法学评价。本科毕业六年后才意识到这一点时,不禁哑然失笑!自己才真正迈出了走向专业成熟的第一步。

除了家庭、学校外,社会对价值观养成的影响也很大。很多人把社会比作大学,端在此义!"读万卷书,不如行万里路"。青年朋友刚刚步入社会,可以慢慢体会,这里不展开了。大家要小心的是,有时候社会是一个染缸,对价值观不全是正面影响。柏杨甚至说传统中国社会是酱缸,可资参考。

可以给诸位朋友的一个忠告是,所有事情都要谋求今日和长远的平衡,谋求积累和快乐的平衡,谋求理想和现实的平衡。比如财富,在保证自己、家人基本生活所需的情况下,积累以谋求快乐,谋求理想的实现!常将有日思无日,莫待无时想有时。

八,时限和效率。

游戏中的时限是游戏规则确定出来的。"杀手"每次可以"杀"一个人,大家每次可以投票"杀人"(可能"杀"了正义的力量)。开始"杀手"少,正义力量多。但"杀手"效率高,所以渐渐可能出现"杀手"多,正义力量少的情况。此时无论如何"杀手"都死不光,"杀手"就胜利了。这就是正义力量的时限。

实际生活中很多事情有时限。大家要在合理的时限内完成任务。这个简单,容易理解。懒惰拖拉的朋友要学会提高效率!拖拉的人,一部分是懒惰积习所致,要改;另一部分,其实是心理障碍所致,得调整。这种心理障碍,是对待完成的任务有抵触、厌倦,甚至是恐惧的心理。这种障碍,如果没有找到宣泄途径及时解决,长期积累下去,或者会影响到任务本身,或者会影响到相关人员。

效率其实是人类竞争力的核心之一。大家都是24小时,时间是公平的,不一样的其实是效率。很多高手之所以是高手,就体现在效率高。效率高背后是智力、智慧、经验、敬业精神等的优势和主动选择。效率是可以锻炼的,经过良好的锻炼,效率可以提高。

初入社会时,我们要知道具体任务的时限,要知道自己完成该任务的效率。这样逐渐对自己的适应能力、工作效率就会有一定了解。人难在知人,更难在知己!此类可以和他人比较的时限、效率判断,是知人、知己的一个很好的方式。

九,惩罚的快乐。

游戏结束了,高潮很兴奋的是惩罚。拉拉脸,做排便时便秘的动作,向异性说肉麻的话……好玩极了!

实际生活中也有惩罚,就不好玩了。违法了,要坐牢!投资失败,血本无归!不认真学习,会有考试不及格!这些都是惩罚。惩罚的原因是错误。

错误其实是成熟的必由之路!从错误中我们能加深对专业的认识,加深对自己和同事的能力的了解。所以其实我们应该感谢错误,要学会总结错误规律,避免再犯错误。真正的高手,不是不犯错误,而是不犯相同的错误,不犯大错误!围棋游戏,双方实力相当时,彼此比的就是犯错误。我不犯,等着对手犯;我尽量只犯小错,等着对手犯大错!以前韩国的李昌镐就是不犯错误的高手。

现实中,错误有必然性。俗谓"只有死人才不犯错误",说的就是这个意思。实际情况里只要思考问题,只要真做事情,犯错误是必然的。社会对错误有一定的包容性,才是正常的。允许有错误存在,允许错误有改正的机会,行为人为错误导致的后果承担了该当的责任、付出了应有的代价、

受到了相应的惩罚后以正常心态对待犯错误的人,这样的社会才是正常、健康的社会。不允许人有错误,有错误后即便是真诚悔改认真受罚,也会被打入另册的行为,令人无语!

  国内的学校教育中,因为应试教育所致教学功利化的原因,特别讨厌错误。老师提问学生回答时,因为怕犯错误,有时同学会战战兢兢,不敢回答。之所以有如此表现,除了个体的紧张因素外,是因为我们的教育不能正视错误,对小错误的惩罚过于严酷,导致学生不敢自由发挥。理想的教育,错误后的归纳讨论,应该是学习的一个主要环节,主导这个环节的应该是分析、知识运用、快乐和善意,而不能冷冰冰的只有惩罚。仅此一条,不知道导致了多少心理问题!

  其实无论是教育体系还是社会,错误事件发生前应该多观察、梳理、引导,给人以正常的宣泄途径,防患于未然;事后应该秉持宽容、警示心态,适度惩罚,所谓惩前毖后,治病救人,不能在之前放任自流,而在之后严刑峻法,冷酷暴力。其实多少极端事件的发生,都不是单纯的偶然的事件,一角冰山下的巨大存在,才是问题的关键。又有多少极端事件的发生,都是情非得已,逼上梁山。如果能够给这些铤而走险的人以生路,有多少悲剧可以避免,又有多少损失可以挽回!

  大家初入社会时,行为应该先保守、谨慎一些,避免犯错误,尤其是避免大错误,致命的错误。有些错误比较大,惩罚比较重,一次出现则终身难以翻转,比如医生的执业资格考试,考不过,就不能当医生了。如血库配血,错误后患者死亡,认定为责任事故的话,责任人的一生都会受到影响。中等的错误(有实质性后果)也要尽量避免。避免错误的必由之路,就是专业学习:向书本学习,向同事、上级学习请教,谦虚谨慎地积累经验。因此,俗谓"入境问风俗",来到一个新地方,一定要和前辈同人交流一下,哪些环节会出哪些错误,后果会怎样,做到心中有数。

  十,性格即命运。

  游戏结束了,惩罚的快乐也享受了!

如果还可以想一想,那不妨想一想游戏参与者包括自己的表现,以及由此反映出来的心理、性格特点。这个世界是人的世界,而性格即人的命运！所以性格认知、心理识别是非常重要的一件事。

游戏时包括惩罚时的表现、语言、推理,会透露出彼此的很多特点。生活、工作时细心观察,会看到很多人内心特征的外部表现。这方面细一些,专一些,就进入了专业的心理学范畴。我个人认为,所有人都应该有一些心理学的知识。大学的所有专业,心理学都应该是必修课。

那怎么知道自己、别人的心理、性格特点呢？有时间时,读一下心理学的专业书,获得有效方法去分析即可。平时细致观察、认真比较。能够看到一个人不同于常人的语言、行为的独特特点,就窥到心理学的门径了。而想要真正深入理解对方的心态,则需要经验、心理学知识、专业知识、具体情景的信息、相关多方的利益基点和博弈方式等。可以说,这是人类最为有趣,也最难了解的事情。

知道了这些性格特点有什么用呢？

我们知道了自己的弱点和优势,可以及时弥补或强化；知道了自己的喜好和厌恶,可以加以升华或规避；而知道自己的心理、性格有问题,也可以有意识地予以干预！每个人的最好的心理医生,其实恰恰是自己！知道了自己的特点,可以和同事、亲友、社会和谐共处,可以家庭和美、恋爱成功、事业有成、思想升华！

知道了亲友、同事的特点,可以投其所好,避免矛盾,协调合作,共鸣共乐；知道了敌人的特点,并有针对性地采取对策,可以立于不败之地,所谓"知己知彼,百战不殆"是也。

具体看几种情景。

爱情：我认为,初恋在双方可以自由取舍的情况下,失败的概率极高。为什么这么说？因为此时双方都很年轻,对一般的人情事理理解很浅,尤其是对自己的性格、对方的性格都不甚了解。彼此性格不了解,那彼此在一起是否和谐、该互相尊重对方哪些优点、该主动回避对方哪些弱点,都不

知道,此时产生矛盾是必然的。而双方因为年轻,化解矛盾的经验也极其有限,因矛盾而致分手,就在情理之中了。初恋的最大作用是积累经验,加深对自己、对异性的理解。第一次恋爱,对方的某个特点,你完全不知道是这个人所特有的,还是所有异性都共有的。而因性格不同产生矛盾时,你自己也不知道是该自我调节,还是应该对方做出让步,还是要双方都做些改变。爱情的密码是什么,性格是其中关键之一。

和上级的合作:工作中,上级决定了你的考评、机会、环境和发展。所谓"成也萧何,败也萧何"!可以投其所好,当然不是必需。必需的是要避免触及对方的"命门"。每个人都有软肋,都有不可触碰的隐私,都有性格、认知的盲区,知道这些信息,有意躲开,会避免很多误解、抵牾。了解后回避时,更要注意到的一点是,所谓"察见渊鱼者不祥,知人隐私者不寿"。大家慢慢去体会,社会会教给你一切的。

双方利益冲突时:双方比拼的是专业实力、意志力、性格特点和心理因素。双方会尽一切可能伪装,掩盖真实信息,释放虚假信号。此时对对方的心理探底,性格了解,至关重要。实力相当时,心理性格因素是胜利的决定性因素;实力不足时,心理性格方面的优势会转化不利局面。最佳例子是《三国演义》中的空城计。司马懿多疑的特点,使得无兵无将的诸葛亮敢于冒险。很好玩的是,反过来司马懿说,"孔明食少事繁,岂能久乎?"也一语成谶!作者可以说抓住了性格决定成败的关键。

就"杀人"游戏本身而言,一起玩的朋友玩久了,对每个人的性格、语言、选择都洞若观火的情况下,游戏自然进入到了一个新的境界。这时候有的人会觉得不好玩了,我觉得,倒可能更好玩了。

所谓知人不易,知己更难。人心的揣摩、人性的分析是最难的。天外有天,人外有人。可以说,所有人都处于学习的进行时。

青年们，节日快乐！——致检验系的弟弟妹妹们

2013年5月4日

晚上和小舅子喝酒，聊起来才意识到，今天是五四青年节！我已经人到中年了，甚至心态已全老，老年痴呆了！不过也曾经年轻过，曾经的年轻——是我今日的美好的梦！因此，特别想和大家凑个热闹，谨祝各位青年朋友节日快乐！

何谓青年？

今天的青年，不仅仅是一个年龄的阶段，不仅仅指生理学上的青年。今天青年的含义，更可以说是本质，已经和中国历史上的青年，有所不同了。鲁迅所谓"遗少"，想说的，就是这个意思。

今天的青年，意味着什么？意味着平等、自由、博爱的观念为主导；意味着公民意识积极、充沛而圆融，意味着尊重、包容、科学、积极的心态；意味着明天，未来，乃至永远！

大家不介意的话，我们似乎可以从一次笔谈说起。

2012~2013年是我生命的一个转折点。诸多变化中，我非常乐于见到甚至享受的一个变化是，我开始深度参与教学工作了（当然可能仅仅是暂时的参与）。非常高兴！所以我给检验系的弟弟、妹妹们每个人都写了人名诗。更令我高兴的是，所谓抛砖引玉，真的引来了应和之玉！前两天，海鹏给我写了回赠，而且是两首。第二首诗云：

踏上贺兰思岳翁，甚悯将军业未成。

自古报君终一死，一颗赤心宁永忠。

我想说的笔谈，就是这一次的文字交流。从文学的角度看，固然两首诗还有些瑕疵，但我还是很欣赏这一首。不仅仅是因为这一首的尾句嵌入了我的名字，而是因为尾句整句的含义，从字面来看，是流畅的。换句话

说,即使不知道我的人名用字,也不妨碍第四句意思的表达与读者对第四句的理解。这样的嵌名诗,才是好的嵌名诗。

文学的讨论暂且按下不表,我们先从第二首的主旨说起。第二首的主旨,是用岳飞的故事,表达了忠君的思想。而这,就是我们国家传统以来的主流价值观念,传统社会中的青年的理想。

中国,因为地缘政治的缘故,在东亚各民族中,形成一枝独大的局面。从文明的角度看,在清朝中叶以前,中华文化在周边罕有敌手。结束春秋、战国混乱局面的秦朝,虽然祚短,但开启了皇帝梦想、大一统梦想。在这种梦想指引下,我们历代的先贤精英,身逢乱世有机会时,做皇帝梦;身逢盛世,或在乱世却没有机会称霸时,则做忠君梦。

反过来,已经坐稳江山的一代代统治者,采用儒表法里的手段,一方面积极宣传爱国忠君思想;另一方面许以高官厚禄,"收买"社会贤达形成共治局面。爱国忠君于是成了主流!

儒家的亚圣——孟子,是主张君轻、民贵的!但这个观念不符合统治者的幻想,因而早早被抛弃了!而统治者自己,玩起偷换概念的游戏,把爱国等同于忠君,把忠诚的对象局限于一人一家族一姓氏!不忠于皇帝一人,即是不忠于国家,背叛于民族,必然被万人唾弃,受历史鞭挞!

而支撑这个游戏的,是暴力和时间。每个朝代,统治者取得中央政权的过程中,先把军事对手消灭了,很多时候是将其肉体直接消灭。紧接着必然要做的一件事是,把聚义起事的兄弟、刚刚的战友,也消灭掉,常常也是将其肉体直接消灭,也偶尔有一些仁慈的君主,削掉其权力也就罢了!在这个过程中,关键是什么?消灭谁,留谁?标准只有一个:维护皇权、维护皇帝本人利益的则留;反对皇权或皇帝本人的,或对其构成实质性威胁的,则杀!"鸟尽弓藏、兔死狗烹",此之谓也。而且这种威胁,不光是军事方面,而是包括政治、文化、经济等各个方面都在内。暴力刚性的压力下,有思想、会思考知道他们偷梁换柱的,要么被杀,要么沉默!假以时日,一代一代青年人,在奴化教育的作用下,或者不会思考,或者选择合作,或者选择沉默。绝大多数是前两者。

由此可见，忠君的观念，看着仁义礼智信，温柔得可以，甚至可爱！其实充满了血腥和暴力，要不得的！

岳飞恰恰死于忠！

岳飞百战百胜，常胜将军名副其实，军事能力罕有其匹！不过他和汉初三杰之韩信一模一样，军事奇才，却是政治白痴！《宋史》竟然比岳飞作诸葛亮，看来作者要么不知岳飞，要么不了解诸葛亮！岳飞口口声声说迎回徽、钦二帝，却忘记了当时皇上是宋高宗！徽、钦二帝回来了，高宗咋办？他也没有注意到，把持朝政的是秦桧之流！功高尚且可以震主，何况当朝宰相！岳飞如若得志，秦桧咋办？所以高宗、秦桧合谋绞杀岳家于风波亭，在情理之外，却在逻辑之中，丝毫不足为奇！而罪名"莫须有"，更是昭然若揭！皇权明确告诉世人：顺我者昌，逆我者亡！

所以，岳飞固然死于奸佞宵小，但更是死于自己的不明政治，死于自己的盲信愚忠！岳飞死时手书"天日昭昭！天日昭昭！"作为后人，我们要知道，应该"昭昭"的恰恰是——岳飞本人！

那么，今天的青年应该秉持什么？

今天，青年应该具备的是公民意识！公民是西方观念、法律概念。专业论述不是我所擅长，下面只说我的理解。

我以为，公民意识指：

人格独立。大多数人的人格独立要以经济独立为前提和基础，但也有少数人，人格可以单独的独立于世人和环境。独立意味着担当，意味着责任！独立也意味着自由。于人于己，有行为和思考的自由，不依附于其他个体或团体。

平等待人待己，不以主子或奴才的心态对下、对上，而且能在平等的基础上，对人对己充满尊重，充满敬意！

博爱：对包括自己在内的任何人，有博爱、宽容的胸怀，不因亲疏、地位、宗教、权力、民族等而有所区别。

相信法律：基于博爱和宽容，有公民意识的人会努力把矛盾大事化小，把极端矛盾弱化为温和矛盾。即便未能弱化，也相信法律，基于合理的法律手段来解决矛盾。

对政府保持谨慎的相信与合作，不故意丑化，也不无限神化和盲从。理性监督公权力。

相信科学，相信发展前进，也知道弯路和曲折。

积极与世，努力上进！

因而，海鹏的诗句，作为岳武穆的描摹，很好！但作为现代人，我自己已经摒弃了忠君的观念！君早已经没有了，传统意义上的忠——更要不得的！

下面说一点对这首诗文字上的感受。

传统的诗句，要求或规矩较多。这里，我只写我自己粗浅的体会，包括韵脚、平仄、重复、对仗。

海鹏诗的二句、四句尾字是成、古，没有押韵。诗固然可以不押韵，但押韵也不难，能押最好！传统诗一般是要押韵的。

七言诗上句平仄有两种，平平仄仄平平仄，仄仄平平平仄仄。能符合更好。

岳翁和将军重复了：含义重复。三四句的一字重复了。

对仗：全诗没有对仗。有则更好一些。当然我后面的改诗和和诗，也没有对仗，这个难一点。

我不揣冒昧，试着改作一首，和一首。海鹏原诗、我的改作、和诗分别是：

踏上贺兰思岳翁，甚悯将军业未成。
自古报君终一死，一颗赤心宁永忠。

踏破贺兰思岳公，杀伐震房业成空。

为国自古终一死，但曲心歌宁永忠。

善战能文岳武穆，难识韩信壮怀空。

功名扬弃云中月，自由平等勿愚忠。

谨以此文，致我已经逝去的青春，也致你们如日中天的美好青春！

爱情三境界——给医学实验班2011级

2014年5月1日

　　清末王国维静安先生在《人间词话》中说："古今之成大事业、大学问者,必经过三种之境界:'昨夜西风凋碧树。独上高楼,望尽天涯路'。此第一境也。'衣带渐宽终不悔,为伊消得人憔悴。'此第二境也。'众里寻他千百度,蓦然回首,那人却在,灯火阑珊处'。此第三境也。"我觉得男女之情也恰是如此——长久真切的爱情,可能要经历三阶段,具有三境界:相思相恋、双宿双飞、生死相依。

　　"平生不会相思,才会相思,便害相思!"这是明朝徐再思作的《折桂令·春情》。此中感情,说的就是爱情第一层——相思、相恋。

　　一般而言,情窦初开和单相思往往相生相伴。那种看到心仪对象时的怦然心悸,是所有有情人都难以忘怀的永远回味。这个心仪对象,可能是一个明星,也可能是一个大哥哥、大姐姐,更可能是身边的同学、朋友。而这种单相思,也带有朦胧的理想色彩,仿佛彩虹一样,美却遥不可及。

　　而恋爱之后的小别,也会给我们带来相思之苦。当然这种苦,也是别样的一种香甜。古代夫妻、恋人一旦分别,尺书难寄,只能凭栏对月,或者倚门远望,空有一腔思念,无处诉说。今人有方便快速的电子方式,联系异常迅捷。但那一份不能朝夕相处的遗憾,不能彼此共守的孤寂,却是电子方式所无法排遣的!忍不住联系一下,听一听那熟悉的声音,或者看一看那亲切的容颜,也只能暂停那期盼早日归来的祈祷,暂时纾解那份思念的黯然!

　　相思之毒唯一的解药就是相伴。苏轼的《洞仙歌》描述了相伴之妙。"……绣帘开,一点明月窥人,人未寝,欹枕钗横鬓乱。"

　　我们无从揣度东坡翁的本意,但就字面而言,此处可以理解为两性肌肤之亲，也可以理解为彼此日常相伴。道学先生们煞有介事地否定前者，其实只是煞风景。而男女相伴，只要有爱，环境都会美好起来。有明月当空，鲜花缀地固然好。没有彩云烘月，绿草丛妍又何妨！在一起，一切皆是风景！当然换一个角度看，一切也皆不存在！天地间只有你我，红尘中唯伴卿卿，心里所想、眼中所见、手之所及，都是他/她！那一刻，时间静止，周遭凝固，"人间大同"！

就性而言，这是上帝赐给人类的礼物！世间物种繁茂，生殖仅为繁衍。只有人类，传宗之余，还有肉体的快乐。甚至这肉体之欢，常常喧宾夺主。缠绵缱绻，尽会升华爱情；双宿双飞，自然海枯石烂！和肉欲相对应的，是柏拉图式的纯粹精神恋爱。二者在心理学家那里可以分析，在文学家那里可以分述。只是在实际生活中，我常常疑惑——怎么可能分得开呢？除了极端情况不成范例之外，大多数饮食男女，二者是分不开的。灵与欲是统一的，私揣也多是和谐的，因而也多是美妙的！经常听有人说不能容忍精神出轨，也有另外一批人坚持不能容忍肉体出轨。我听了这些话常常莞尔，甚至感觉无厘头。如果精神和肉体是统一的，这样的观念有多么禁不起推敲呢！

感情到了一定程度，自会双宿双飞，彼此难分！进而，双宿双飞也自然会促进感情强化，爱恋加深。当然反之，分别也就成了一种考验！两性的时空不再交错，因而感情不再，彼此渐远。这并不意味着之前的关系是假义虚情，甚至之前存在欺骗（当然也不否定部分案例确实如此），只能说之前的感情还不够牢靠，没有刻骨铭心！更进一步的爱情，可以经得住时空的考验，可以耐得起分别之苦。

而这第三层境界，彼此相伴相对而言已经是感情的次要质素。此时二人已经生死相依，性命相托了。彼此纵然远隔千里，但心在一处，命连一脉！

元好问为我们讲述了一个生死相依的寓言，也创作了千古名句。寓言说的是，元好问赴省城赶考，遇到一对大雁夫妻。其中一只突然亡故，另一个不胜其苦,继而自戕撞死。元遂有所感,舍金买下雁身,埋做雁丘,写作雁词:"问世间,情是何物,直教生死相许?天南地北双飞客,老翅几回寒暑。欢乐趣,离别苦,就中更有痴儿女。"(《摸鱼儿·雁丘》)其中一句"生死相许",不知牵动多少读者的情愫!让人洒泪无端,感慨莫名!

爱情就是这样神奇——看不见,摸不着,却让人生死相许!我听到这个大雁殉情的故事,常常想:上帝为什么不把人类塑造为严格的一夫一妻制动物呢?雁有死别,因而自杀。于雁而言,只是本能!我相信大雁夫妻间有感情,但这种感情是非理性的,不是爱情。而人类作为高级动物,有理性有爱情,却没有生物学意义上的一夫一妻制。原因何在?

当然这个问题,可能会有生物学上的答案,只是目前尚未揭示。在真理大白之前,我们不妨做一些文学上的联想。正是因为没有生物学意义的严格一夫一妻制,彼此永远有选择他人的自由时,彼此的相恋相依、双宿双飞、进而生死相许、生命相许,才更为可贵!正应了那句歌词:"你选择了我,我选择了你!"这份自由前提下的坚守,才是爱情可贵的原因,才是生死相依的本底,才是可歌可泣的难得!

生死相依不得不说的一个阶段是真的阴阳两隔。此时所有的一切都成记忆,独自面对的未来已经不可能再有他/她的现实存在。经历了巨大的悲伤,尤其是有之前爱恋同处的热烈鲜活相衬,现在的冷冷清清、凄凄惨惨戚戚,更加让人难以释怀!未来的孤孤寂寂、默默黯黯森森,则更加让人不敢想象,举步维艰!面对困境,我们需要的是智慧!此时此刻,我们不妨作别样思想。斯人已去,我活着,他/她永远活在我心中,因而也一直活着!因此我们要乐观、勇敢地面对未来,我的身安心泰,他/她才能长久存在!我的时刻思念,他/她才能容颜永驻!天人两分,但他/她却依赖着我的生而获得永生!看看启功,读读杨绛,正所谓智慧启迪人生!

无论如何,我都要坚定支持乐观的心态,即便是苦中作乐。陆游、唐婉的故事,孔雀东南飞的故事,梁祝化蝶的故事固然千古佳话,我却每每不忍听闻。我宁愿不发生这么悲惨的故事,宁愿二人感情淡一些而淹没于古今饮食男女；或者更好的情况是，二人都乐观一些。换句话说，固然是性命相托，但不要轻易选择、倾向于轻生赴死，这么做只为了爱，为了爱人。敬畏生命，尊重自己和爱人的生命才是人间最大的爱！

这就是人事的轮回。有了肉体才有感情，有了肉欲才有爱情，有了爱情可以不要生命！而可以选择死亡时坚持生存、坚守生活，恰恰是尊重自己、敬爱对方的生命！恰恰是至爱的升华！而相思、相伴、相守也步步演绎出人间爱情的三部曲，在灵与肉的交欢中，把人类的情感推向臻极！

碰巧看到陈寅恪的故事。陈寅恪是清华国学四大导师之一。他年轻时对感情一片懵懂，却对爱情侃侃而谈，将爱情分为五等。一等爱情爱上陌生人，可为之死。二等爱情相爱不上床。三等爱情上一次床而止，终生相爱。四等爱情相守一生。五等爱情是随便乱上床。大师没有否定床笫之欢，是大师尊重伦常；而大师寓于床笫之欢，则是大师昧于风月！

我的文学观
——应征抗日诗联的随想

2014年6月14日

我有一个观念，认为一切文字都是文学，都可以文学视之。写得好，就是优秀文学作品，否则，等而下之而已。由此可以将文学作品分层，殿堂级作品是全人类的共同财富，国民作品是民族的瑰丽宝库，通俗文学是市井小民的热闹生活，不入流作品也是不可否认的必然存在——表达了某种观念，记录了某些事实，也可能有我们没有发现的美。这种观念有几种好处。鲁迅说《史记》是史家之绝唱，无韵之《离骚》。如果不秉持这种观念，以纯文学要求视之，则显然《史记》不符合要求，但不把《史记》纳入文学范畴，显然过于狭隘，这和该书的语言美、文学美不相符合。因此，有些介于文史之间、并非纯文学的作品，需要调整我们的观念，将之纳入广义文学的范畴，所谓"举凡一切语言文字皆可在文学的范畴之内"。另外，一切文字客观上都可以是美的载体。优美的文字，即是文学。这仿佛生物一样，生物的进化、存在不需要美，但美的生物永远是美学范畴的存在。一个说明书，如果适当地植入比喻、联想等文学手段，一方面可以使说明文字更加感性，另一方面也是文学表达，简单表达而已。文学、美学都在发展。不以文学观念看一些文字，可能会漏掉一些文学呈现、文学作品、文学规律。文学评论要有这样的视野和气魄，将一切文字纳入文学范畴。比如汉代《焦氏易林》，如果没有钱钟书先生慧眼，恐怕一直会被视为象数古籍，其四言诗的文学存在，会被淹没在历史的尘埃中。当然这是以文学视之，不是说它们必然是上乘的文学作品。正所谓押韵的文字，不是诗词。综上，不妨把全部文字一分为二——纯文学和其他，其他文字中的文学美，也是需要承认、挖掘、分析、发扬的。

那么具体而言,文学作品的要素有哪些呢?概括地说,即真、善、美。

我所在单位征集抗日题材的古诗、对联。就此类抗日题材作品,既要有文学价值,又要懂国际政治(包括历史和现实),还要符合人类价值观念。以此进而言之,一切文学作品,都要符合这些要求。一篇好的作品,要么有美的呈现,要么是真实具体的记录,要么有强烈的情感和令人共鸣的价值选择。三者有其一,则其文可读,当然最理想的情况是三者兼备。

一,文学价值:即文章要美,同时要符合文学规律。

文学作品属于艺术领域,艺术领域对美的追求,是决定性的,压倒一切的。只要不严重背离其他规律,美就是艺术的一切,可以与艺术画等号。可以一定程度上背离其他规律吗?这个可以。比如文学规律,崔颢名作《黄鹤楼》不符合唐代律诗的创作要求,但仍然是让李白都叹为观止的名作。原因很简单——美!比如真实,如果不符合真实要求,则有时可以按文学手段如夸张、比喻等来理解,比如李白说"白发三千丈",显然这是夸张。美包括字句、段落篇章、整体结构、意境等多方面。用词可以字字珠玑,吐字如兰;整段可以声情并茂,锦缎天成;结构可以前后呼应,开合有度;意境更是可以夺人心神,勾魂摄魄,读后让人有恍然出世的感觉!之前笔者读过的文学评论方面的书、文章并不多,似乎第三个——结构,强调得略有不足。文章整体结构,仿佛是大船的龙骨、高楼的梁柱、人体的脊椎。没有了结构,有些文章即所谓七宝楼台拆开——不成片断。我常常想,《红楼梦》整书采取了中国传统美学中的对称观念,前后很多词句、章节有对称、呼应关系。尤其是章节,第54回后和前面一一对应,仿佛左右手五指对称,而又宛若天成不着痕迹,让人叹服不已。我一直期盼文学界能推出新作——采用该方式的新作,以向曹雪芹先生致敬!另外,就篇章而言,我们的格律诗、词对结构的要求非常严格。这也是其他形式体裁、其他民族文学所鲜见的,充分体现了我们民族文学心理中非常严谨的一面。

文学规律之一即要符合某一种文章体裁的要求。格律诗、散文、小说等纯文学作品,政治评论、说明书、广告词等功能性文字,都要符合各自的

体例要求。当然规律适用有一个适度的问题,有时候打破规律,恰恰是前进所必须,发展之路径,因而不符合规律不能概而言之是错。要看哪里不符合,不符合的方式、程度、目的,一一分析,如果真有价值,甚至可能会逐渐形成新的文学规律。就体裁而言,每一个时代都有每一个时代的代表。我们常说的汉赋、唐诗、宋词、元曲、明清小说等,就是很好的概括。今天的时代日日巨变,但遗憾的是,还没有诞生和今时相适应的,能够代表时代特征的文学体裁。博客、微信只是载体、传播方式,不是新文学体裁。而文学也有很多表达手段——修辞格,比如比喻、夸张、通感等。这方面在文学研究领域里有很多文章,感兴趣可以深入阅读。钱钟书先生的《围城》是修辞格的集体展示,可以反复品味。

二,真:抗日题材要符合彼时的环境,彼时和现实的国际政治关系、战略态势,紧扣中国的外交政策。

泛泛而言,则文学作品表达要真实,要符合所呈现内容的具体实际,因而这一条可以概括为真。简单来看,说明书、科研论文等功能性文字,其最重要要求之一就是真。而赏心悦目的纯文学作品,在呈现美、善等的同时,涉及的人物、时间地点、事件经过、专业规律也要真实,要在真实的基础上表达美和善。严重不真实,一定不是一流的文学作品。当然只有真实,也一定不是一流的文学作品。前一段时间媒体讨论抗日题材电视剧,很多因为没有历史真实性而让人啼笑皆非,甚至有观点认为这是对抗日英雄的侮辱。涉及医学的电视剧的输血量、药物名称剂量、画面呈现的用品等,严重背离实际,只能让人弃若敝屣。山西作家赵瑜说:"歌功颂德已经把报告文学全毁了。"究其原因,也是盲目拔高,不真实。可以想见,不真实的作品是没有生命的,是差的文学创作。

当然,求真本身非常有难度。用文字表达画面、声乐、味道、器物、事件过程、主观感受等,极具挑战性。写得好,寥寥数笔,形神兼备。写得不好,不知所云,甚至让人有受骗的感觉。《谁能写出玫瑰的味道》恰恰道出了其中滋味。同时,还要平衡事实、社会价值观念、美三者之间的关系。六朝骈文,用语瑰丽华美,但内容空泛,既不能表达事实,观念也不强烈真实,因而逐渐淡出主流。而乡村俚语,固然真切现实,却没有文学的美感,因而也不合纯文学的要求。概括来讲,以真实为基础,要么表达美,要么记录事实表达了真情实感,或者做到兼有则更好。另外,真实呈现需要遴选,除必需的白描外,可以选择那些符合美学要求、能够表达相应价值观念的事实,此不必赘述。《天使望故乡》的作者托马斯·拉尔夫,就不太擅长裁汰,往往描述的文字过于臃肿庞杂,让编辑头疼不已。还要区分文学的真实和历史的真实,文学真实要尽可能贴近、还原历史的真实。这方面台湾作家高阳描写清代的小说作品有上乘表现,不妨一阅(当然也有人批评高阳以考据入小说)。

三,文章要有通常的价值观念:这个价值观不一定主流,一般而言要尽可能正面,符合历史、人类发展的趋势。

这一条可以简单概括为善,当然这有些偏颇。本文而言,范围可广还可狭,狭指某一地域、某一时期、某一群体。呈现出真实、强烈、浓郁的感受、价值观念,至少使身处其间的人群,会引起强烈共鸣,这个作品就有生命力。不身处其间,如果文字优美、表达流畅、真实可信,则也会感染人,一定会广泛流传。毕竟人是非常主观的生物,甚至可以说,一些人完全生活在主观世界里。让人有强烈触动,让人有强烈感受,是一流文学作品的必要质素。主流这个词是指多数人所有。不过多数人所有的观念不一定正确,因而文学表达可以有所背离。比如康乾时期没有男女平等观念,但《红楼梦》一定程度上表达了这个观念,不主流,但有历史意义,符合历史发展趋势。正面、积极也是一个的要求。很多作品消极、甚至颓废,它们是文学作品,但我不认为这是最高级别的作品。这么判断当然有笔者的主观性。读后,让人意志消沉、颓唐堕落,甚至厌世自戕,至少我不认同此类文学作品的观念。我也不喜欢大团圆结局、只做正面宣传、甚至一定要某某正确,也不喜欢完全反之的表达。观念表达和美学呈现一样,越符合当时的实际,在当世的名声就会越大;越有历史穿透力,生命就越长久。对作者这方面能力的要求,已经大大超出了文学的范畴,进入哲学、思想、历史乃至各个专业领域,而且和作者的主观选择有强烈相关性。由此可知,成为文学的高手,一定要打通其他专业,一定是文学、某专业都有思考、都有建树的。这很难。

此外,说一下唱和、酬和作品。一般而言,和作和原作一定要有关联性:题目相似,押韵相同,内容都要有关联,最好能相呼应(共鸣、外延、深挖、反驳、对比等)。就一个观点、一个事件打笔仗,不是和作。和作内容以和为主,可以有不同,但不同是次要的,相和是主要的。这种不同,甚至都没有达到争执的程度。和作是很有意思的一种创作方式。这一方面表现了中国传统和谐、互应的价值观念、人际关系;另一方面在文学上有独特的规律,二者都值得揭示、发扬。搜索中看到有《唐代唱和研究》类似的文章书籍,有待深入阅读。

文学的作用体现在哪里呢?应该说仁者见仁、智者见智。往大了看,曹丕说,文章乃经国之大业,不朽之盛事。鲁迅先生说,文艺可以改造国民的劣根性,可以塑造灵魂。而往小了看,扬雄说是雕虫小技、壮夫不为。周作人认为,文学只是消遣。这些人都是文学大家,作用表述却如此不同,说明文学是一个高度个人化的事情。不被喜欢,则一文不值,废纸而已;被喜欢了,则万人争睹、洛阳纸贵。所以讨论文学的作用,先得看阅读者的价值观念、欣赏能力、判断角度。我自己因为喜欢,所以经常阅读,没有手不释卷,偶尔也会废寝忘食。但就自己而言,仅是消遣而已;对社会而言,我觉得作用也有限。有时候有的文学作品看似影响很大,其实往往是(或部分是)附骥。作者的身份、社会的主流观念都有巨大影响,这是无法量化分析的。而且读者究竟是想看这部作品,还是欣赏作者,还是对这个话题感兴趣,还是受外界影响来阅读,有时也很难细分。这些情况下单独讨论文学本身的作用,有难度。

文学欣赏是双向的,是作者和读者的彼此互动。这和科学研究(单向的)、社会生活(多向的)大大不同。双向的事情,就像男女爱情,有很私密、说不清的一面。不知道哪句话触动了读者的哪根弦，那一刻的共鸣导致读者爱不释手、反复品味。应该说，这样的作品就是成功的作品，但却是不太好分析、无法言说的成功。有时候读者还能读出原作者没有的意思，有些解读得很妙，也有一些很牵强。比如《红楼梦》，鲁迅先生有很好的概括，而今天对《西游记》的解读，包括两性关系、人际交往、商战、宗教、房地产等多个角度就显得有些牵强附会。应该说是解读与演绎齐飞，理解共创造一色。这种情况下，文学的作用有多大？真是很难判断。我们只能感慨，经典已经化作我们的生活！

文学的作用和社会环境、经济发展水平、大众教育程度有密切关系。腹中空空，对大多数人而言得先吃饭，书中自有黄金屋只能自欺欺人。而外界环境恶劣，比如"文化大革命"时看古书、外版书籍要"扣帽子"，那还是先保命要紧。我们常说秀才遇见兵，有理说不清，如果把文学作品比喻为秀才的话，那么个体的不识字、暴戾、野蛮、武断、狭隘，社会的封闭、落后、暴力就是兵。如果环境良好，大众富足、自由、有良好的专业素质和公民素质，那不愁文学没有普及，不愁好的作品没有市场，此时文学的作用自然明了。木心曾经感慨地说，自己的一生都是错误。错误的环境、错误的经历、错误的选择……这里面不知包含了多少对社会环境的愤怒和无奈！

尽管作用可能有限，但我还是希望每一个文字工作者、每一个文学创作者，每一段文字、每一篇文章都要有使命感。我的朋友李玉林说：能够忠实地记录一个时代里普通人的生活和内心世界，是一个伟大作家的命运召唤，正如《论语》所谓："人能弘道"。只有肩负使命感，响应这种命运的召唤，我们才能在下笔千言的同时，尽可能呈现出所描述对象的最真、至善、尽美，这样的作品才能引起读者共鸣，才能有生命力。当然，码字也是一种谋生的手段，我不反对用文字来养家致富，但反对为了财富、名声、地位，而牺牲文字书写、文学创作的原则规律，不尊重美学、现实的要求，毫无自己的真情实感，一味迎合投资方、迎合市场的写作方式。换句话说，要有底线。而只有坚持文学规律、真实地反应客观存在、真诚地表达真实情感、真正地呈现美丽动人，才能在竞争中脱颖而出。据说在香港某个创作时段有500支笔同时在写武侠，但最后的胜出者凤毛麟角，胜出的原因很简单，文字值得大家看！而现下宫廷剧、穿越剧、抗日剧一度泛滥，听到都令人作呕，真不知编剧是何心肝，竟然能够忍得住不吐，竟然能够写下去。而且，即便是以文字为生，写作进行中也应该尽可能少想，甚至完全不想市场回报这些。我建议在写作构思阶段、后续投稿阶段可以适当考虑投资者、市场效果。在写作过程中，还是应该回到文学创作的氛围中，按文学规律、美学要求进行。否则每一次下笔，每一个句子都想能不能换来钱，必然关心而乱。而若有使命感，以文字为人生的归宿、命运的必然，则更会虔诚落笔，真心创作；更会不惜一切代价、不管万人评说、不顾任何艰难，把文字表达、文学书写推向生命的极致，用生命之火点燃文学之灯，用生命的太阳照亮文学的宇宙！

　　文学创作的灵感从哪里来？从写作者自身的经历、阅读、想象、思考中来，而想象和思考也基于前两者。读万卷书不如行万里路，前者是阅读，后者即经历。当然阅读、经历各有千秋。经历的优点是真实——真实的环境、过程、际遇、感受、思考。写作者自身的真实体验，是创作的最重要源泉，可以说取之不尽。进行真实体验，身处其间时，最难得的是，要么此时此地只有作者进行了记录，要么作者观察到旁人眼中没有注意的真实和细节，要么对司空见惯的现象作者能有旁人没有的感受或思考。概括地说，就是独辟蹊径！萧乾身为战地记者一举成名——原因很简单，在欧洲"二战"现场，根本就没几个中国人。后来的曹聚仁、闾丘露薇都走了同样的路。而观察的细致入微，则考验着写作者的耐心、细致、背景知识、人文关注。二月河写雍正，可以说改写了百余年的历史误解。原因也很简单，二月河发现雍正是一个勤政的皇帝（批阅大量奏折），是一个重实效的皇帝（临终时国库充盈）。他由此入手，一举扭转了雍正因文字狱迫害知识分子而形成的残暴形象、因杀戮年羹尧等功臣而形成的无情形象，因圈禁流放兄弟而形成的冷血形象。以至于据以拍摄电视剧版本时，因删减调整过多，反而把雍正塑造为一心为民的公仆，走到了另一个极端。独特感受也极其重要，罕遇、罕见毕竟概率很小，对常见现象的独特感受相比而言概率会高一些。鲁迅从日俄战争影像资料感受到了中国人的麻木，从人血馒头看到了中国吃人的历史，从窃书不算偷看到了传统读书人的矛盾、无奈甚至是吊诡、变态，都是细致入微的思考和感受。这些感受，再加上良好的文字功底，燃烧自己唤醒民族的使命感、视死如归的勇气，奠定了鲁迅中国现代作家、思想家第一人的地位，并在教育、美术、国学、历史、翻译等多个领域都有建树，以至于毛泽东同志评价鲁迅为：民族的脊梁！

经历的缺点是可能受制于时空、社会定位、客观情况等外部条件。弥补的方式靠阅读、想象、思考，尤其是阅读。阅读到的信息是另一位作者的真实体验，则可以记忆、理解、产生共鸣，进而转化为再创作的条件。由此，手不释卷是文字工作者的必然要求。今天是互联网的时代，电子信息海量存在，文字工作者不必肩扛手举的辛苦，时刻可以链接到无限信息，真可谓思接千载、视野千里！尽可以很好地弥补不能身处其间的遗憾。当然如果能到现场，还是要尽量到现场，这是第一位的。笔者喜欢旅游，每到一地之前，总会百度搜索、书籍阅读。但每一次到来到真实场景中，都会有文字阅读、图片观赏所没有的冲击和震撼。看到隋朝的桥、唐代的塔、宋时的像，那种油然而生的印象和感受，是任何间接信息都替代不了的。个人认为，最好的情况是身临其境结合广深阅读。历此涅槃之后，敲出来文字仿佛汩汩的清泉涌出，天然而不矫饰，绵延而无枯竭，美丽而能蕴藉，真实而有升华。

想象要靠丰富的灵感、广博的积累、博爱的情商、真实的参与。部分近乎天赐，求不来的；或非常高端，仿佛塔顶难以企及。而思考却可以借助专业的工具。今天是各学科分工细致、各专业都有大发展的时代。而今天的写作，也已经进入专业写作、类型写作的时期。写军事战略、写医学生物、写金融财经，而没有相应专业知识，写出来也没人看。《红楼梦》固然是百科全书，但如果按照其中的药方吃药，那会闹出乐子。而该书所反映的礼教杀人,与当时庙堂耆宿、江湖学人的理学探究,也完全不同。这些都显示出曹雪芹某些专业方面的知识欠缺(这么说没有求全责备之意)。由此可知,写某领域而不具备该领域的专业知识,只能是盲人摸象、闭门造车。首先是专业人士,然后是文字工作者乃至文学创作者,这就是今天的文坛特征。当然这里所谓首先专业,不是具有科班意义的专业文凭。而是先去了解专业事实、学会专业思考,然后再进入文学创作。德国来的老锣为写一首通俗歌曲——《法海你不懂爱》,把多个中国民间《白蛇传》版本研究透彻。我们的本土创作,怎么可以忽视那么明确的专业存在呢?可以说,能够理解多少专业知识,能够升华到多高的专业层面,决定了写作的视野和深度。从这个角度看,写作和表演相似。演员要演什么像什么,作家要写什么是什么,二者有共通之处。只是表达方式不一样。前者靠表情、肢体动作、语言,后者靠文字。由此可知,文学的生命里流淌着专业的血液,专业的思考和积累是文学创作的基础和前提。

而文学水平的提高靠什么?除了前面提到的写作灵感、严谨动态的写作计划、良好的构思外,平时注意积累最重要。拳不离手、曲不离口。文学创作,得坚持天天码字。黄永玉转述过沈从文的话:一个人写了一辈子小说,写得好不足为奇,写得不好才真叫奇怪呢。这说的就是坚持。台湾的九把刀,生活所迫不断地写,终于写出了《那些年我们追过的女孩儿》,一时传为美谈。而曹雪芹也是披阅十载,增删五次,反复地修改、再创作,才磨砺出华语巅峰巨制。前面提到的曹聚仁,更是一生勤奋,号称四千万字写作,可谓著作等身。有时候有些天才写作者,甫一出手,就耀眼光芒,仿佛没有任何积累。其实这是不可能的,只是其人的积累,之前没有表现出来,大家不知道而已。鲁迅当年出版第一部小说《狂人日记》,文坛轰动,社会持续热议,乃至《阿Q正传》后有"我是不是阿Q"的疑惑,仿佛没有积累。但我们不要忘记他之前扎实的国学功底、广泛的现代知识、细致入微的观察思考,也不要忘记他在日本的失败的编撰经历、艰苦的翻译和阅读过程。所有这些,都不断地在他的脑海中发酵、撞击、升华,最后厚积薄发,《呐喊》

系列文章一飞冲天。周国平的优美散文，20世纪八九十年代大学生几乎人手一册。但如果没有之前的哲学研究，没有对尼采等人的细致阅读梳理，没有对人生的深入体验和哲学思辨，则不可能有那样的文字。如此优美、清新、自然而富于哲理的文学表达，没有灵感、体验、积累是不可能的。这种积累，量变到质变是必然的升华过程。

同时类型模式转换也非常重要。衰年变法，齐白石因之成为画坛大家。超脱前人，启功先生因而独创启体。写作也是如此，在熟悉、掌握了一种写作类型之后，不断地进行范式转换，尝试不同的写作方式，进行不同的表达体验非常重要。这是一个痛苦的过程——抛开熟悉选择陌生，但凤凰浴火，不痛苦不能重生！只有能够驾驭多种文体、多种表达方式、多种修辞，才能够游刃有余，应付自如。有些创作，多种表达方式是必然要求。比如写古代小说，不会格律诗词、骈体八股，恐怕不会是高手。而有些创作，固然没有必然要求，但嵌入不同的表达形式，也会活跃眼目，启迪心神。比如曹雪芹在小说中嵌入了诗词曲赋灯谜俗谚，甚至有诔文，真是异彩纷呈，让人眼花缭乱。由此可知，不断的积累，不断地变换形式，是写作提高的必然之路。此行固然可能荆棘丛生，艰苦异常，但巍巍华山一条路，无限风光在险峰！

有了灵感、愿意码字积累的情况下，炼字就成为每一次敲键盘的必然。文学作品，有的靠思想胜、有的靠本事胜、有的靠情感胜，而从文学的角度看，最关键的是要靠文字取胜。靠文字胜，才最能体现写作者自身的文学水平。沈从文说他自己渐渐掌握了文字，说的就是这一层道理。而苏轼说："……渐老渐熟，乃造平淡。非平淡，绚烂之极也。"这绚烂和平淡，说的都是文字修炼。那文字水平怎么体现？我理解可以从两个角度看。比较而言，对同样的事情、人物、思想，谁的表达更好、更简洁、更到位、更文学，则谁的文字就更胜一筹。或者从小处着眼，写的是不引人注目的小人物、小事情、小情感，却能够吸引人看下去、产生记忆，甚至有文学的美感，那一定是好作品、好文字。《红楼梦》《史记》中的一些小人物，历历如在眼前。老

舍写《二马》《老张的哲学》《骆驼祥子》，主角都是小人物，但鲜活灵动。汪曾祺写《葡萄月令》《昆明的雨》《夏天》《冬天》《我的祖父祖母》等，都是生活琐事，却让人爱不释手。拉尔夫也以描摹身边环境、自己细腻感受这些平凡细节而闻名，琐碎却为大家所激赏。我理解文字就像泡茶的水。喝茶的人都知道，茶叶本身固然重要，水也很重要，高手品茶又品水。对文学作品而言，事件、思想、情感这些是茶叶，而表达的文字是水。文字之水托载着这些内容，不经意间沁入肺腑。阅读的刹那我们可能更关注内容，但经久仍留心头的，一定有文字。所谓余音绕梁三日，文字就是余音，带有体温、情感、灵动、生命的文学余音。

而炼字是关键。反复的调整，反复的对比，找到最能体现写作目的、最能表达主体感受的那个字，此之谓炼。钱钟书和杨绛既会写诗词，也爱赏诗词。记得杨绛表达过这样的意思：经典的古诗都无法改动一字。可以说改动一字，整句或整诗的意境全变。我们可以试着改一改古人作品，也试着改一改自己的作品。其中滋味，自然会有所体会！炼字最能锻炼文学写作能力，也还有其他的作用，比如防止遗忘、有助思考、有助沟通。防止遗忘很简单，一件事，反复换字来表达，哪里会记不住。而有助思考是我体会很深的一点。有时候自己思考不太成熟，这时候下笔，更换不同字词、调整句子段落结构的过程，也是我自己思想成熟的过程，仿佛水到渠成。有助于沟通也很好理解。同样的意思，不同人说效果不同。除了这个人的身份、表情、所处环境外，他所用的词句、修辞、表达很重要，甚至有时候效果会适得其反。屡战屡败，是批评语气，被巧妙地改为屡败屡战，变成鼓励语气——就是很好的例子。

综上，今日的文学工作者，首先得是一个学习者，能够不断地学习不同的专业知识和文学知识；然后得是一个思考者，能把不同的专业知识、社会知识汇集、融合到一处，不会思考不足以灵活驾驭；再是一个行动者，让不同的人生经历、人间际遇来撞击自己的大脑和灵魂，碰撞出火花以点燃热情、激活思考；还得是一个苦行僧，不断的码字、炼字、重复、转换以磨砺自己；更得是一个虔诚的信徒，把文学化为生命和信仰，在纯洁的追求和纯净的思考中，升华自己、陶冶自己、完成使命。最后，文学工作者必须得是一个有血有肉、敢爱敢恨的活生生的人！只有这样，才能把一腔激情化作顶真、极善和完美！才能把一抔热血洒向苍穹，化作一道道彩虹华美天地！

不揣浅陋，写了自己的文学观。

枯萎的松树

2014 年 8 月 5 日

枯萎的松树

——谨以此文献给一个美丽的女人

上班坐地铁。从出口到单位有好几条路线。今年春夏，我走了一条新路。

这条路经过一个园子，是一个国营单位主楼前的花园。绿草、花植、灌木、修竹、各种不同品种的树木……不一而足。我特别注意到大楼的落成时间是 1999 年年底。这么算来，这个园子应该有十几年了。园子面积很大，树木种类很多，有常见的松柏、银杏，杨柳自不必说，也有一些我不认识——看叶子怪怪的。看来当初引进植株时，主事者还是花了一些心思。现在徜徉院中，郁郁葱葱，花香草绿，一片鲜活在眼，好不快意。不过十几年下来，现在仔细观察一些细节，逐渐地有些地方已经开始凋零，出现一些偏离设计初衷的变化了。甚至，整体上，也有了一个很大的变化，让人从旁路过，有些触目惊心！

几棵最高大最粗壮的松树中，竟然有四棵完全枯萎了！

这个国营单位很大。经过的园子分布在正西和正北，中间有相连。在正西向，主楼两侧三棵大松树完全枯萎了，正北向也有一棵。

路人步履匆匆时，可能这些都没有入眼的机会。毕竟大片绿色，高木也很多。但悠然而过，一草一木仔细地观察时，那明晰的死亡的存在，还是让人凛然心动。至少是让我自己感到一股巨大的压力，仿佛一个巨大的黑洞，吞噬了所有的生机。

我在春天刚刚走这条路时，四棵枯树都在。后来不知道什么时候，一棵被伐掉了，只剩下一个树根。一天早晨我时间充裕，仔细地看了看树根。年轮很清晰，至少有30圈（有的地方不太好数）。看来这棵树早已经先于既有园林的现状而存在了。另外几棵也粗细相当，推测当初可能有多棵，后来陆续凋零了。

都说松柏常青，可以活百年，甚至千年。去黄帝陵，说是中华第一柏；去晋祠，说是中华第二柏，都是周柏——周朝的柏树。是否真有那么久，姑且听之，千年以上总不会错。相比而言，这几棵树只有几十年寿命，可谓早夭，想想有些让人悲哀。

二十几年前来北京时，四环路刚修了北边一小段。当时北航东北角，有一大片茂密的树林。我和同学们多次徜徉其中，流连忘返，以为返璞归真。后来随着建设步伐，这片林子消失了，我们的本真也消失了。平心而论，我不反对现代化进程，人总要活下去，要活得更好些。但对于这样的大片树木的消失，我总是心有戚戚焉，总是会感慨生命的无常。试想，如果这些树木也在黄帝陵，在曲阜孔庙，在太原晋祠，可能就会活很久。而时间、空间的不同，造成它们不同的宿命。

在这些枯萎的树木面前，我只能徒劳地思索生命的意义，自己却没有一点力量，来挽救这些树木的生命。今天，这些树木依然高大，直指苍穹。在它们生命的辉煌一刻，只有蓝天白云能和它对话，狂风暴雨曾经试图撼动它，却无功而返。今天，这些树木也依然粗壮，遒劲无比。在它们生命的辉煌一刻，只有小鸟和青藤环绕左右，地动山摇曾经试图倾覆它，却铩羽而归。如今我却只能想象，凭着枯萎的树干，凭着老迈的身姿，想象着它茂密繁盛，想象着它生机勃勃。当年它风度翩翩，淡淡笑容迎接晨风丽日；它仪态万千，挥挥皓腕送走西山暮雨。那时它是自己的主宰，是周围的幸运，是天地的宠儿，是生命的骄傲。可如今……它依然俊秀，却生命不再；依然风彩，却一息不存！无奈……

不知道，为什么只伐去了一棵树，却保留了其他几棵？也不知道，运命休咎里，门前大树的凋亡意味着什么？更不知道，无端心有所感，会将我的

人生指向何方？我只知道,我会更加珍惜生命！自己的生命,所有的生命。我在用更加赞赏的目光,注目致敬旁边的兄弟树;在用更加耀眼的烈火,锤炼自我的辉煌。

我不相信永生、轮回。死了就是死了。不过,死亡也有尊严,死亡也可以是一种震撼,也可以是一种美丽。如果可以,应该像这几棵大树一样,身姿挺拔,神色依然,虽不再绿,却苍然矍铄;虽不再绿,却凝固永恒！旁边的兄弟们,在用生命的鲜妍和谐万物;而它自己,在用生命的不屈,诘问命运的刻意,品赏世界的苍凉！即便是化作栋梁,也要撑起一片天地;烧作柴木,也要燃起一份光明;余烟缥缈,尚有一缕松香沁人肺腑;黑粉灰烬,还可化作斑斑墨迹载负春秋。

每天清晨傍晚,我依然经过此园。每一次都看到奔放的生命,也看到了不朽的依然。它们平和共处,仿佛前赴后继。它们谐律共鸣,仿佛时空永恒。也许有一天,这几棵枯树消失了,甚至这个园子也不见了,更有甚者,连记忆也镂空了！那么,这一切,存在过吗？

存在过,在您眼中的文字,在我心头的意象美丽！

论文首

2014年8月8日

杨玲转贴:凤凰副刊刊载26部文学经典的开场白,包括《双城记》《百年孤独》《茶花女》《我的名字叫红》《呼啸山庄》《日瓦戈医生》《局外人》《复活》《安娜卡列尼娜》《变形记》《了不起的盖茨比》《飘》《查太莱夫人的情人》《老人与海》《生命中不能承受之轻》《灵山》《情人》《审判》《洛丽塔》《爱玛》《虚构》《旧地重游》《查密利亚》《唐吉诃德》《布莱顿诺克》《被背叛的医嘱》。并且帖子把开头部分都罗列出来。

这些作品是经典,毫无疑义。这些开头并不差,也没问题。但我之所以回帖,现在写成文字,是想说:这些开场白多数都是题目的延伸,从这一点看,多数不值得单论。

显然,题目比开头重要。题目和作者,最先进入眼帘,最先挑逗阅读欲望,勾引读者的欣赏兴趣。而最终,二者也永远留存在记忆的深处,成为书籍的代表,成为(书籍所传递的)精神的图腾。

正文的开头,如果和题目密切相关,无论衍生、疑问、反衬,都不能说是上佳。最好的开头,是相关但不密切,充满鲜见而能独立于文章存在。可以是一个现象,一个问题,一个哲理阐述,或一个感叹、一段抒情。这些形式都可以,但关键要让人眼前一亮。一个读者,面对浩浩书海,之所以阅读这本书而不流连那一本,除了被题目、作者吸引外,开头一定要很有特点,甚至要做到惊艳,在题目的基础上吸引读者继续读下去。

为什么有些作者试验开头十几种,正缘于此——万事开头难。而为什么有的作者只以平实入手,也在于此——太难了,干脆放弃开头的惊艳,争取后面以故事、道理等取胜。此类选择判断,和确定题目本身一样,百转千回,让作者不胜其苦却乐此不疲。

打个比方。如果把读文章比作赴西宴,则作者是主人,题目是请柬,文首是开胃酒。开胃酒恰当,则主菜纷呈,让人大快朵颐,好不幸福。

开胃酒不可能喝俩钟头,文章开头也很短,只有一两百字。开头要想惊艳,文字和内容一定俱佳。文字要上乘,用词、转承、结构都得花心思,精益求精,同时内容要棒。说理刀刀见血,提问苍茫深刻,故事悬念迭出,感叹入情入理,抒情大河奔流。别人要么不曾言,要么言之不深,要么言之有歧义。而本文开头内容独辟蹊径,表达异彩纷呈,那自然吸引读者。小小篇幅而能有如此表现,所谓螺蛳壳里做道场,其难可知。应该说,做到这一点,就文章书籍本身而言,已经成功了。是为本。

进一步看,如果一段文章开头,值得大家单独讨论,其关键是开头和主体、主题的关系。

和题目、主体如果关系过于密切,是题目的延伸,是题目、开头、主体三者逻辑递进的一环,那不值得单独讨论。正常思维逻辑推理即可知道,何必单独讨论呢。即便是单独讨论,也是以开头看整体而已,是整体的标本、取样,本身没有独立的生命意义。

如果和主题不相关呢?那两不相干甚至离题万里,不但不可能好,而且显然是不好,会得到恶评的。

个人理解,值得单独讨论,是为上佳表现的情况,应该是和题目、主体相关而不很密切,切题而又有升华。这样开场白和题目并列而出,甚至是奇峰突起,让读者眼前一亮,充满好奇,不忍释手,不觉卷终!这样的开头,对文章而言是成功,其本身也是成功。开场白本身具有超脱文章主体的独特价值,秉具自我生命而能独立存在。而文章主体也是对开头的最好注释、阐述,二者相得益彰,相映成趣。是为惊艳。

万事开头难,正说的是文章开场谈。所谓文贵曲,文首完全可以曲(相对于题目)。文首自有生命,与题目、正文完全可以鼎足三立,交相辉映!

由此,针对上述文章的开场白,可以分析如下(仅就中译而论,没有读过原文)。

①《双城记》:是为经典,让人惊艳。多次读到它的变体,可见其独立生命之强大,变化衍生之丰富。题目很普通。

②《百年孤独》:魔幻现实主义作品,开头却不魔幻,很现实,属于平实一类。题目很经典,说出了人类的普遍感受和状态——囧。题目经典,开头平实,这样的搭配本身很好。

③《茶花女》:说了一段道理,和题目相关而若即若离,虽不惊艳,但也是上乘。

④《我的名字叫红》:一段感想而已。常人都会有类似想法,司空见惯。题目也一般,至少在中国,叫红的人太多。就字面而言,叫红可能是为了市场;就文学而言,建议翻译避开这个字,用得太多了。

⑤《呼啸山庄》:平铺直叙。

⑥《日瓦戈医生》:一段描述。轻轻地伤感,特有的节奏感,较好。

⑦《局外人》:一段事实记录和心理感受。文字一般。通过母亲死亡和自己竟然不知道,阐述题目"局外人"的意思。有张力悬念,也是平实阐释。

⑧《复活》:说的是一个普遍真理——没有人能挡住春天的脚步;也是对题目的阐释——春临大地,万物复苏。题目和开头都较好,但道理太普通,用字也属平常,不能说上佳。

⑨《安娜卡列尼娜》:绝对经典,叹为惊艳,繁衍众多,已成民谚。

⑩《变形记》:就是题目的改写。这个想法本身可以吊读者的胃口。

⑪《了不起的盖茨比》:通过父亲之口,说了一个价值取向,一段肺腑之言。较好。

⑫《飘》:仅属平实,交代人物、地点而已。人物刻画虽然细腻,但也不太突出。题目好,既有动态的美感,也有思绪的悠长。

⑬《查太莱夫人的情人》:非常好。虽然没有很多后来的模仿,但抒情、说理兼备,为文章提供了一个背景,一种氛围,也自有生命,单独看去自有趣味。

⑭《老人与海》:平实,内容稍有夸张。海明威主要是一种精神撼天动

地、贯彻始终。文字、故事都一般。

⑮《生命中不能承受之轻》:有哲理、有质疑、有联想,是昆德拉的一贯风格,也让人眼前一亮。当然这得是喜欢此类哲理风格的读者,否则可能因特性太强而被拒绝。题目非常好,很多人没有读过书,但对题目深有感触。有这个题目在,开头无法超越。

⑯《灵山》:平铺直叙,进一步写山。

⑰《情人》:内容本身很感人,也是阐释题目。

⑱《审判》:阐释题目,开门见山。

⑲《洛丽塔》:像诗歌,像朗读!虽有新鲜感,却也是题目的延伸。

⑳《爱玛》:顺题目展开。

㉑《虚构》:天马行空 = 虚构。

㉒《旧地重游》:阐释题目。开头就是整部作品。

㉓《查密利亚》:虽然拐了一个弯儿,但不大。

㉔《唐吉诃德》:就是在说唐吉诃德本人,而且淡淡地映照出他那种不切实际来。

㉕《布莱顿诺克》:设置一个悬念而已。

㉖《被背叛的遗嘱》:虽然字面上和题目不相关,但故事叙述太普通,联想也没有什么特别的。不能说上佳。昆德拉擅长说哲理故事,或由故事引申哲理。离开这个框架,仅属一般。题目有悬念有张力,比开头好很多,也广为人知。

外行看热闹,妄加评点,不自量力,见笑了!一部中文作品也没有,很遗憾!不说也罢。

互联网时代的新文体

2014年8月17日

一点想法,与大家分享。

唐诗元曲,每个时代都有自己的文体。我始终在想:互联网时代,我们的文体是什么?微信博客只是载体而已。这一个月我自己有了微信,看了一些文章,突然有点感受。

互联网文章看来偏语录散文的样子,但和传统散文"神不散"不一样。互联网散文"神有散"。换句话,一个主中心,加几个分中心,类似卫星城和主城。可以叫它互联网散文吗?能否算新文体?不知道,看未来变化。为了区别,我还是叫图画语文体吧。

语文指口语成文。这种图画语文体有几个特点:

①必须配图。这是形散的一部分。人都喜欢读图。传统写作、出版方式不一定会配很多图,且传统摄影、制图方式也不会一下子为文字提供海量的图。今天,电子技术改变了一切,人人都是摄影家。我们真正进入了读图时代。文字配图的好处:言不尽意时,图可以提供充分的想象延伸空间;图可以对文字进行解释;图可以提供文字的背景……当然图的质量要好。目前互联网文章一般都配图,但图的质量千差万别,上佳的不多。

②形式上非常散,像说话,像抒情,像私语。有的很简短,有的很长;有的连续,有的跳跃;有的明晰,有的朦胧;有的富丽堂皇,有的私密不足为外人道。形散是传统散文的特点,新文体在形式上更散,甚至有些文章会有无厘头之感。几种文学体裁也可以随意嵌入。一篇文章,可以有诗歌,可以有场景记录如戏剧,也可以有故事情节,打乱了几种体裁,随意取舍,随意施行。这类似古代小说。中国古代小说一般兼有各种体裁内容,像《红楼梦》,叫"众体兼备"。

③神散：这个多分中心是很散，甚至细究起来和主中心无太大关联。在语境语义上有联系，逻辑上可能无关。这显然不同于传统散文。就主题而言，传统散文是内敛的，有一个核心主题，用形散来烘托。而新文体的主题是发散的。多个分中心/分主题"拱卫"一个核心主题。而这种"拱卫"既没有形式上的钩挂连横，也没有内容上的必然因果，只是相关而已。以爱情为例，说爱情时，可以说很多社会的事情，比如压力大；也可以说很多自然的事情，比如风儿轻。乍一看，都没关系，仔细品一品，压力大，爱情就不容易产生，有些关联但却没有明说；风儿轻，感觉很舒爽，就容易释放情感，浪漫爱情，但也不直接说。这些话仿佛给主题提供了一个背景，而它们自身也成为一个独特的存在——分中心。我为什么认可这种方式呢？因为人是复杂的，一心可以多用，世界是复杂的，必然多心并行。为什么文章要只能有一个中心呢？至少多中心本身没错，也算是对一中心文章的一种补充吧。可不可以再进一步，就是说没有主中心，几个中心并列，彼此有联系，但形式上很散呢？我们可以设想一个实际情况。一对女孩儿是闺蜜，很久不见，遇到后聊了好几个话题，工作、生活、爱情、娱乐等，拉拉杂杂，没有核心，却都很用心。这个情节写来，是小说；这个感受抒情写来，则是多中心的散文。这个多中心的内容共同构成了一种氛围，一种情调——背后是二人的友爱关怀，却没有明说、没有点题，有点意识流的感觉。我本能地觉得可以。当然有些语录体的文章书籍早已存在，比如《论语》《毛主席语录》。现在的语文图画体应该是继承和发展。

④这应该是白话文发展的一个新阶段。"五四"运动以来，白话文不是口语，是口语的升华、美化。现在互联网文章，很多就是口语，固然有些美化，但多数都是口语直接的记录，因而，非常鲜活灵动，当然也会粗糙磨砺。

这方面我是外行。看互联网的文章也有限。只是突然蹦出一个想法，在这漫漫的旅途中，记录下来，聊以消磨时光！

读《大国盛衰的逻辑》

2014年8月27日

该帖引自一本书《西方文明的文化基因》最后1章。分上中下三部分。上：先说牛顿的预言，再说西班牙、法国、英国各领先130年。美国预计2070年衰落，和牛顿预计的基督教文明衰落巧合。下面是线海鹏和我读到上部的感想。

好友：

①这不是剑指我中华崛起的节奏吗？

②我的知识储备看前半部分略有些吃力，没有系统看过世界史和"二战"。

③中国历史早已证明王朝的起承转衰，比如西汉，刘邦破项羽，文景韬光养晦，汉武大伐四方，之后就逐渐不行了。明朝也是，朱八八破陈友谅北伐后建都，朱棣篡位侄子迁都北京，万历年间的资本运作初现，甚至崇祯都有点像路易十六。这也说明王朝走势放眼与世界一样（说白了就是人性）

④大国盛衰不可怕，是必然规律（谁让我们生在好时代了呢，咱们也站着说话不腰疼一回），可怕的是衰之后。看看英国，虽然不是老大，但起码区域影响力依旧啊（德国更牛吧）。现在的美国，或者说200年后的中国，即使不是世界老大只要不太差就行，别像西班牙、葡萄牙、荷兰似的，曾经海上霸主，现在就是欧洲的"渣渣"啊。话又说回来，如果美国不衰落才奇怪，那说明华盛顿以一己之力打败了人性，我觉得这不太现实，物极必反，美国的调整能力确实不错，华尔街这次玩得这么狠都没死，说明美国的制度确实有优势，不过最近几年或者是最近几个月，美国也确实够折腾的，起码现在看不出有下降的趋势，起码还在平稳前进。我们不强大就绝对被侵略，美国起码不会有这个烦恼。

⑤作为华夏儿女,我觉得我们还应该自信点哈!世界老大这事是我们这代人和我们下一代人的艰巨任务,我们处在攻坚阶段。关于俄罗斯,我不看好,因为一直觉得他们发展得不太均衡,基础产业太薄弱了。德国确实太过可怕,从"二战"就可以看出来,要不是希特勒有几次致命失误,统一半个地球是完全没有问题的。德国人的作风给我的感觉就是务实,实实在在。

⑥成为世界老大我的看法是三级:一级,中德;二级,俄罗斯;三级,印度,巴西。一级的可能性比较大,德国现在在欧盟的影响力已经非常巨大,再加上德国领导人一贯的务实作风,可以与我大中华比一比。俄罗斯劣势还在产业不均衡,国内的上进心早已不是20世纪四五十年代的样子了,外加太冷了。三级的印度和巴西是不确定因素,保不齐人家也来个平均增速15%的GDP啥的,毕竟人口和国土面积在那摆着。再往下,日本早已瓶颈,南非不过是有点金条。

⑦下一篇看看他能写到什么程度。不过如果他下一篇文章写到中国,也不会太深。

笔者:

①下文可能会说中国。不过书籍题目限制,不会太展开,也太敏感。

②美国我觉得也不会衰落得这么快,目前多个关键角度它还是很有领导力。

③美国必然衰落。一般对称,他衰落也得百年,做世界第二呗,至少十名左右。俄国衰落了,也是大国,不过它要彻底衰了,也麻烦。现在是地球村时代,邻居相对不像以前那样息息相关了。或者说天涯若比邻更好。

④确实都是人性(线海鹏语),这是决定性的。这一点美国还很乐观,其他国家年轻人还都向往它。

⑤这个规律不适合中国。中国自身的历史规律性更强。虽然不一定将来中国会延续自身已有的规律,但欧美规律不适用于中国却是必然的。

⑥谁接棒?中国经济总量会超过美国,但实力成为第一不好说。前几

个世界第一是分别领先130年,康雍乾加起来也就130年,所以不太乐观。德、日、俄也有潜力,尤其是德和俄。没有替代,那它衰落了也是第一。之前的规律,不是第一自己主动败了,都是新型国家强有力崛起,夺得第一的。

从文章内容和我了解的历史看,第一不是单纯军事胜利,而是制度创新、经济体量、观念进步、人口增长几方面综合胜出。目前这几方面整体上能超过美国的国家,还看不出谁。美国现在还看不出颓势,自身政治仍然极具号召力,经济已经走出金融危机阴影,美元垄断仍在,新兴产业仍然是最佳,传统产业也不弱。

二承上史实写推演。三写中国,不过很短很虚。

第二已经离开事实,进入逻辑和观念推演。我一向觉得事实最重要,观念就次要了,也不一定是他总结的那样。比如"是全球资本霸权的扩张,全世界的政治精英、经济精英都在争先恐后地归顺,一个没有国界,甚至没有组织的自由主义、资本主义'文明'统治世界,完全支配人类的心灵,不断冲击地球的生态……"恐怕西方人自己都不这样想,也不会这么发展。我始终认为美国、英国、法国各自制度是当时有限理性的选择,不是为了全球统一或者破坏环境。这些他们也始料不及。

再如,"要么全世界都接受这套意识形态,要么另一种意识形态取而代之",哪有这么绝对的!其实个体自由包含多样性必然。因此英式自由主义也不一定必然意识形态单一化。美国一向说是染缸,这句话的前提就是多样。那染的效果如何?华裔张纯如,第三代移民,完全不会汉语,却写《南京大屠杀》。它那意识形态咋不起作用了?人类基本良知不会被这些外力抹杀的。

另外要知道,作者所谓统治130年霸主,前几个主要是西欧,连俄罗斯都不是完全臣服,何况也不包括中国。真正的全球霸权只有美国。而纳入全球视野,这部历史才刚刚开始,前面的规律不一定还起作用,包括中国的规律也是这样。

倒是这个观点很重要：拖垮霸权的都未能成为新的霸主，只是成全他人。中国会不会是苏联第二？拖垮了美国，自己也衰落了。按照我对未来的理解，也不排除。

之前我提到，胜出是综合性的，不单纯是军事胜利。按照上面规律，军事不要太弱，不至于被欺负即可。综合性起决定性作用，而创新性是综合因素中的关键。我有一个新方式"玩儿"，大家才有兴趣跟着学着一起玩，尤其是活得舒服，个性解放，最吸引人。

暖暖东风凭燕羽，
飘飘红阵倩人心。

项颌雨

花好风轻曳，心安志深婷。

好友：Jane字．

南京　南京

2014 年 9 月 18 日

　　终于有机会去南京了。南京！南京！一想起这两个字就激动。"凤凰台上凤凰游"……"乌衣巷口夕阳斜"……"临送目,正故国晚秋,天地初肃"……这么神奇的地方,我竟然从没有踏足观瞻！终于可以圆梦了。

　　中午到的。出禄口机场坐大巴去市区,正好一路欣赏风景。机场高速宽阔整洁,非常舒服！估计前不久开青奥会,着实"倒饬"一番。省门第一路,也是应该的。市区的道路也很好。出租车很多。后来一个司机和我说:为青奥会南京增加了2000辆车,闹得他们没活干,收入下降！另一个司机说3000辆,总之不少。不过有些僻静路段,还是很难打得到。有一回在解放门鸡鸣寺那条路,半天也没有一辆,后来一直走到成贤街坐的公共汽车。司机们很逗,有的很朴实,有的很硬朗。有两次竟然遭到司机嘲笑。比如去玄武湖那一次。我说去鸡鸣寺、玄武湖那里,司机非得问到底去哪里。我说第一次来,我也不知道哪个近,哪个近就去哪个呗。司机说鸡鸣寺近,我说好的就鸡鸣寺。可是话音没落,司机就诘问我:平时不烧香,去鸡鸣寺做啥了。憨厚朴实若此,倒弄得我很无趣。只好说,那去玄武湖好了。司机的率直可爱,简直和东北、山东有得一拼。看来面向旅游和访客的服务意识需要加强。

　　司机说,南京也常常堵车,也有雾霾。让我感觉像在北京一样。

　　后来有机会坐了几次地铁。新建地铁干净快捷,非常方便。地图显示开通4条,在建2条。省会城市里,这样的速度是佼佼者。地铁里总的来看比北京人少,但时不时也会很挤！另外显然大家还没有排队意识。候车区域,以及上下车时,比较乱一些,不过倒也相安无事。

　　看得出,整个城市正在改造新建的过程中。总体上,高楼林立,街道整

洁。街边是茂盛的法国梧桐,非常典雅。不过大叶子满树,秋天够环卫师傅们消受的。其他树种、植物也很好,使人觉得这是一座绿城。东南大学旁的排排水杉(我总是把云杉和水杉搞混),高大挺拔而青翠,让人顿生林中归隐的欲望。而正是中秋节后,所谓八月桂花香。整个城市氛围里淡淡地飘忽着桂花香。入目则是大量的桂树一展姿秀,沁人心脾,透人心神。桂花小巧,不太艳丽,躲在绿叶后面,像是调皮的小孩子。而桂花香更是神奇,忙碌时全然不察,静下来,慢慢地一股幽香入鼻透肺,绵绵不绝,越品也越有味道。在灵谷寺中轴线上,有一颗巨大的桂树,据说是南京之最。我到时还没有开花。不知道是品种原因,还是山里凉一些,这株树的花期比城里的晚。桂树也有很多品种,我们外人看不出来,而本地居民,稍微留意,就能分辨一二。旁听着本地人的热烈讨论、静心欣赏,我由衷感觉到南京人的幸福。有桂花的地方,自然幸福!如此多的桂花,我想当然地以为桂花是市花。后来百度一下才知道,市花是梅花。桂花尚且如此蓊郁,那梅花盛开时将是何等气象?非常憧憬!

除了满眼苍翠,兀立街头,两个方面印象很深刻。一是洗浴按摩的店很少,也有,但显然比其他省会、二线城市少多了。二是书店多,明显比别的城市多,包括北京。书店是我的钟爱。机场里的蔚蓝书店,小而精致。而非常多的先锋书店,则让我着实惊讶。北京的书店门店全线崩溃,这里却能方兴未艾!而先锋书店内的书籍琳琅满目,非常给力,简直是读书人的天堂。我看中了很多书。只买了三本,分别关于旅游(《美色南京》,瓦兰主编,中国华侨出版社,2014)、历史(《图说南京十朝历史文化》,南京十朝历史文化园编,南京出版社,2012)、名家笔下游记(《名家笔下的南京》,冯亦同编,南京出版社,2007)。这些书伴随着我的整个南京之行和北京追忆,让我成为南京通。书店的布置也有设计。典型的如美龄宫楼上的书店,非常雅致!让人不舍离去!

此外就是大学、图书馆、博物馆,很多。总体感觉南京的文化气息要浓一些,甚至可以说是我足之所至的冠军。当然我去的地方并不多。

踯躅在南京街头,商埠云集,非常繁华。小吃店很多。在中华门北一个小店——很普通的门脸,我点了鸭血粉丝汤和小笼包,都很好。在夫子庙前的小吃城,吃了蜂蜜南瓜,一种粥(不记得名字,红紫色,有米和小小汤圆,糯糯甜甜。回来百度一搜,比酒酿汤圆红一些,汤圆也小,像是赤豆汤圆),水晶糕,都干净适口。总的来看,南京的小吃很有亲和力。无论看着,还是吃着,都很容易接受,不像有些地方的小吃,让人望而生畏。临别时,在机场又吃了一次鸭血粉丝汤。虽然不如之前吃的几次那样好,但仍然很爽,我把汤都喝得一干二净。住的酒店的自助餐也很好。在南方能吃到非常甜糯的烤白薯,很难得。而清水煮的菱角、胡萝卜、山药,非常清淡宜口。其他菜品浓淡适宜,也很舒服。一个朋友去了新世纪广场55层红公馆,吃了民国菜,回来说色香味俱全,不过服务稍差,和饭店的定位不太相称。当时一个菜是素鲍,脆一些,有的说是豆制品,有的说不是,问服务员,竟然完全不知道,也没有电话问一问大厨。

我住的地方非常有名——钟山宾馆——民国时是励志社,现在是江苏省会议中心。在中山东路307号,西华门和南京军区总医院东,明故宫和第二历史档案馆西。励志社之前见过名字,但完全没有印象了。进门品字形三个民国建筑。西侧楼名黄埔。而主楼东侧有汉白玉嵌石,刻蒋中正题字:立人立己,革命革心。时间是1929年。也就是1929年,这让我大有兴趣。闲时跑到贵宾楼一楼看宣传录像和材料,才知道这是国民党高官休闲、聚会的地方,蒋经国曾经连续居住一年以上。当时旁边是首都的体育场、游泳馆,在民国繁荣一时。而我们开会、住宿的现代建筑,有近30层。一楼大厅有大幅毛主席草书,内容是"钟山风雨起苍黄"那一首七律。多么有意思!励志社和毛主席诗词就这样交错时空,一同撞进了我的脑海,让我一下子意识到,这里是民国的京城!十朝古都!江南佳丽地,金陵帝王州!

公事之余,信步在这故国都城,我不禁想起了朱自清的名句:逛南京像逛古董铺子,到处都有些时代侵蚀的遗痕。确实如此!

中华门的砖墙渐渐斑驳了。当年浇注名字,为了保证质量。今天这些先人望着我们,仿佛正在述说着历史的苍凉。尽管饱经风雨,尽管布满苍苔,但它的巍峨伟岸一如新建!这个巨大的建筑布局很简单,结构也不复杂,建设目的非常明确。今天看来,它在军事、建筑、历史等诸多角度仍别具辉煌。站在城门上,前望玉带弯然,回望粉墙林立,而两侧的城墙绵延不绝!"高筑墙,广积粮,缓称王!"越有价值的建议,越在战略层面说事,越简单,一针见血。抽象和概括真是一种能力啊!后来1972年毛主席说:深挖洞,广积粮,不称霸!显然传承有自,所谓英雄所见略同!"中华门"三字是蒋公介石手笔。我一向讨厌蒋的字,但这个题字倒是些许气象森严。据说当年沈万山的聚宝盆埋在城门下,我不禁梦想多占有一会呢。

中华门向北,就是夫子庙了。庙南是赫赫有名的乌衣巷、朱雀桥。当然有学者说乌衣巷不在这里,今天一望也不过小街几条,古迹全无。但这丝毫也不影响我们的文学畅想,不影响我们追逐燕子,静听呢喃!乌衣巷也不一定不是小街,要不燕子怎么飞入寻常百姓家呢!

秦淮河依旧繁华。人流如织,船来如梭。我最感兴趣的是位于子午线上的桥——文德桥。时值阴历十一月十五日,立桥中央俯视,河水中左右各映半边月亮,所谓"秦淮分月"。古人的观察多么细致精准!不禁想起昆明金马碧鸡坊。时分恰当时,落日和新月交织坊内形成海市蜃楼!这得对地理、天文、建筑多么了解,才能天公巧夺,立起两门牌坊。而此地也是。恰恰一条河,恰恰一个桥,恰恰那时候,恰恰一个古人!宛然满月两分!难怪李白到此捞月,难怪闻一多对此赋诗!

我没有去乘船。让那桨声灯影留在朱自清的文字里吧,让那六朝金粉留在李香君的媚香楼里吧。我不必愧对歌女的吟唱,也不必赞美风尘的大义和勇敢!我只是平静的远眺河水,淡然离去。

和脂粉烟波混在一处的,竟然是夫子庙和江南贡院。夫子庙旅游开发做得较好,我见过的夫子庙中,这一处堪称翘楚,而且开放到晚间九十点,可见游人之盛,也可见服务之优。一进庙门,是8位孔门弟子的雕像,介绍文字简单到位。弟子像的尽头,是高大的孔子像,庄严而不失亲切。大成殿里四壁,是玉石制成的孔子故事图,下配文字说明,并四字成语标题,看说明解释,玉石还有名贵石料,非常珍贵。而贡院则全无旧迹了。朱自清民国5年去时,号舍里长满荒草,破败不堪。而今天则完全是新建,两边墙上大大地写着天地玄黄,既无号舍,也无氛围,看着甚至有些滑稽。难以想象这里当年是多少士子苦读十载、一展抱负的地方——鲤鱼将跃的龙门。想想古人真是悲哀,读书人出路太少,除了"货与帝王家"外,全无去处。而帝王家设立的贡院,让读书人全无体面。小小号舍,吃喝拉撒全在里面。而为防备通关节,常常需要裸体检查。哪里有人的尊严?知识的魅力安在哉?

因为赶上了"九一八",所以大屠杀纪念馆是必须去的。现在去纪念馆很方便,地铁直达。纪念馆本身占地很大,分成若干主题部分。馆区整体氛围凝重、悲愤!而展馆中最让人印象深刻的,就是万人坑。累累尸骸触目惊心,皑皑白骨冤深仇重!这是日本侵略者欠所有华人、所有世人的累累血债!罄竹难书!在馆区一角的松树下,明显的是日式祭祀石塔。上面篆字:赎罪和慰灵。落款是一个日本老人。这是日本人中良知未泯者的告白和自我解脱。他的清醒值得尊敬,但他连名字都不敢写,显然勇气不足。目前日本右翼横行,说明民族正气不够,清醒者不敢挺身而出,担当作为。我自己是东北人,对这段历史尤其感触深刻。希望国人冷静、自强!希望能够联合日本民族中的良知,共同改写历史,面向未来。特作诗一首,以明心志!

本系东北人,今逢九一八。
紫金身外秀,悲怆心底发。
昭昭清史恨,烈烈民国杀。
他年雪奇耻,鲜血溅樱花。

初稿尾句是"我血溅樱花"。毕竟是诗歌,还是要含蓄柔和些,所以改字。老大逗我说应该参军杀敌。我本意也是参军杀敌血溅樱花,不过修改

后字面上没有这层含义了。

　　遗憾的是,时间太紧,没有去雨花台。而且后来知道,一个小朋友的亲属葬在那里！顿时更觉遗憾了。等待未来！

　　住处西边不远是总统府。这里极具神奇魅力——江宁织造、两江总督、民元总统都在这里办公。曹寅在这里编《全唐诗》,曹雪芹在这里出生,洪秀全在这里胡闹,曾国藩、李鸿章、刘坤一在这里风云一时,孙中山在这里开启民元、就职总统,汪伪在这里卖国投敌,蒋介石在这里从辉煌走向失败,解放军在这里插上胜利的旗帜！你不激动吗？我很激动！这里简直就是中国近300年历史的大舞台啊！面对着孙中山坐像和西花厅,抚摸着几百年的石坊船,走过漪澜阁,坐在桐音馆前,我怅然若失。历史太雄浑、也太吊诡了,真是五味杂陈。我不禁沉思良久、感慨万端、激昂澎湃、难以平静！一任时光从身边溜走,一任千百年的历史向我纷至沓来！

　　在总统府的一个细节印象是陈布雷办公室。当时作为蒋的心腹,他盛极一时,后来终因不能苟同而一死了之。知识分子如果不独立,永无快乐可言。

　　回来聊天,另一个小朋友在游览总统府时,竟然曾经走丢。这个女孩子聪明伶俐,平时不至于此。我相信,一定是在巨大的历史魅力面前,她深为震撼,叹为观止,怅然若失,神魂穿越,因而离群走失！

　　住处东边则是明故宫和钟山风景区。

　　明故宫一片断石残垣,仿佛北京的圆明园,而明孝陵却依然屹立！明初虽然财政未盈,但毕竟是太祖陵寝,垂范后世,所以规制宏大,朴素宏伟！在建筑、文化、历史上都留有独到之处。有时历史真是相似。秦始皇的咸阳都城,后来被夷为平地,一座秦始皇陵,至今依然完好。而明太祖的故宫一片瓦砾,居然孝陵大墓岿然长存。这个世界是活人的世界,生命不息则争战不止。或许只有委身地下,才会有安宁长久、平静如初的可能。孝陵墓道上的石人、石头动物是我最流连的地方。雕刻极具古典韵味,姿态雍容典雅,非常传神。记得以前看到南京明信片上有枫叶背景中的石马,石头质地和枫叶秋岚形成鲜明对比,高大兽形和斑斑叶片形成视觉张力,同时二者却又互为背景相得益彰。把一座石头城的鲜活生命和历史韵味表达得淋漓尽致。

钟山风景区的东边是灵谷寺——朱元璋封的天下第一禅林。民国后,寺院辟为国民革命阵亡将士公墓,将原寺正殿无量殿改作祭堂。现在还有蜡像和宣传。无量殿前,是一座五楹带顶阵亡将士牌坊,中间坊额刻"大仁大义",背面刻"救国救民",让人顿起敬意。记得字是张静江手笔,据说他是蒋介石一段感情的介绍人。无量殿很有意思,全用砖石砌成,无梁无椽,因而又称"无梁殿"。目前的灵谷寺在东边,宝相庄严。内外都有启功的题字,非常秀气。还有另一行书手笔,秀美稍逊而庄重有过,不记得谁写的了。寺庙内香烟缭绕,有常住僧人护佑。灵谷寺游览的出口很有意思,从一个旅游品店出来。逶迤辗转,一时窥不得门径。店内却也精致美观,让人很有好感,而且卖很多书。

明孝陵和灵谷寺之间,就是巍巍中山陵了!

中山陵的建筑并不多,整体上继承了中国传统建筑的式样、布局,这种继承是一种美学的延续,而非现在的盲目摹古。建筑内的陈设也极其简洁。孙先生的丰功伟绩,彪炳日月,自然不必也不需太多的外物烘托。建筑内外虽简,却很有特点,最有特点的是白色花岗岩结构覆罩蓝色琉璃瓦,象征青天白日。蓝色琉璃很有震撼力。之前见惯的黄色、绿色琉璃仿佛是时空的背景,越发衬托得蓝色琉璃别具美感。最先映入眼帘的蓝色琉璃是牌坊,上书孙先生题字:博爱。之后是陵门。中门横额是孙先生的标志性寄语:天下为公。之后拾级而上,是置于碑亭之内的高大墓碑。墓碑上部是云纹,下部是海浪,中间金字大书:中国国民党葬总理孙先生于此。时间是1929年6月1日。好像是谭延闿的书法,运笔庄重,气势恢宏,法度森严,而尤具美感。背面无字,孙先生功炳千秋,不必时人评价。

另一个极具特征的是台阶。据说是392级,8个平台。台阶斜面的设计不是笔直,而是有一些弧度。上去的时候仰望,会愈近愈觉威严;而从上面

向下面看，不见台阶，只见平台，视野一下子就连续延展了，可谓别具匠心。台阶略陡，我走完全没有问题，可是有些游客上了年纪，显然比较辛苦。台阶有平台过度，这样大家走到平台，可以稍事休息。在中部平台上，两侧分别摆放了奉安纪念铜鼎。这个鼎的形状类似大缸，和一般印象里的鼎不一样。西边一个鼎腰部有两个弹洞，说明提示系1937年12月日军攻击南京时炮弹所击。

第三个特征是建筑承载凸显的政治意义，历史象征。在最高处的祭堂，门额最上面是四字匾额，金字行书"天地正气"，这是继承传统。匾额下面由东到西，并列金字篆书：民族、民生、民权，是所谓三民主义。这就是孙先生的最大功绩。他唤醒了民众，创立了民国。他第一次在理念、方略上，把草民抬高到主人的位置，让那些卑微无助、隐忍偷生的老百姓知道，政府是民治、民享、民有的服务机构。这正如马克思启发工人阶级自我意识的历史作用一样。由此可知，陵园不仅仅是祭庙陵寝，更是国民党党政理念的庄严宣示。祭堂内端坐孙先生汉白玉雕像，表情雍容凝重，目视远方。因为是纯白，眼睛倒有些失真，私揣眼睛中心染为黑色会更加传神。当然这不是纯粹美术作品。不点黑色，才更加庄重威严，表示斯人已去。祭堂内部四周刻有孙先生的《建国方略》。它让大家知道了三民主义的具体内涵。《建国方略》应该是中国第一个现代意义的具有宪法性质的治国方略。至今对于国人仍有昭示意义。祭堂顶部是青天白日旗，极其庄重。

祭堂内只有一个管理员，他没有催促大家离开。这意味着可以停留，可以久久瞻仰。他不断在做的事情是提醒大家不要拍摄。国人的素质确实需要提高。入门即有不许拍摄的图示，从尊重的角度讲，也应该自觉不拍摄。不过还是很多人不顾警示拍照，因而管理人员会时时高声提醒。我觉得做得非常好的一点是，他仅仅是礼貌提醒，并没有强行剥夺相机，没有强制性的甚至不文明的行为制止。毕竟是国家重地，双方的理解克制是必需的。

屈指算来，陵园建成有85年了。花岗岩建筑整体完好，但偶有细小裂纹,东部山墙上也长了一个细细柳树苗。站在最高处举目四望,松涛似海,琉璃似玉。我登山的时候正值天色阴霾,小雨时断时续,凉风透人骨骼。这样的阴雨气氛显得陵园愈加肃穆,愈加悲凉。

　　如此天气,如此陵园,我的缕缕哀思起伏深痛。因为对住处毛主席七律的印象很深刻,而此时此地孙先生的艰苦卓绝、筚路蓝缕如在眼前,不禁心思灵动,改毛主席诗成七律一首,敬录以纪念孙中山先生!

山　　陵

　　　　钟山风雨起苍茫,我为中山过大江。
　　　　虎踞龙盘形拱卫,天阴地晦满悲伤。
　　　　孤身矢志迎群寇,民众成城醒王疆。
　　　　天岂无情天未老,先生身后尽沧桑。

　　个人认为,孙先生唤醒民众、创立民国的意义重大。当时经过太平天国运动、义和拳运动、历次中外战争,满清政府已经人心尽失、油灯将灭。孙先生此时振臂一呼,虽然困难种种,但即使没有"千年未有之变",按中国古代自身的王朝更替规律推算,满清政府的结束也是意料之中。曾国藩幕僚赵烈文在清朝灭亡50年前就已经和文正公成功预言过这一点。更何况清朝是少数民族入主中原,几亿汉族同胞忍受了几百年,不可能忍受到永远。由此可知,清政府的覆灭只是时间问题,只是最后一棵稻草的问题。而开启未来才是民族的希望——既是为古老民族指明了前进路径,也是向其他民族进行的宣示,表明中国新生政权的性质和使命。所以我在诗中提到"民众醒来"。天日昭昭!当然后人有更深入的思考。比如革命不彻底,民众仍然蒙昧(以鲁迅先生为代表的观点);比如获得政权较易,积蓄力量不足导致袁氏窃国;比如蒋介石当政,没有实行民主;等等,不一而足。但这一切的一切,都是以孙先生三民主义、辛亥革命为前提的。孙先生的革命固然有很多不足和无奈,但其历史功绩是不可磨灭的!

　　(补一个插曲。2014.10.09南方周末载文写孙中山。读后才知道,孙文本人竟然从没有用过孙中山这个名字。也就是说,别人呼之孙中山,他认

可;百年之后,孙中山三字风靡华人圈。而他自己却从未署名孙中山。多么神奇啊!他用过中山樵,复姓中山,名樵。这和姓孙名中山是两回事。)

钟山脚下的美龄宫非常别致。三层小楼,外部是传统中国建筑式样。内部极尽美观、华丽。除了将当时面貌进行了复原外,除了前面提到的非常有魅力的先锋书店外,还有主人生平事迹展览,主人画作展览。应该说参观改变了我对宋美龄女士的印象,一是她在抗日期间为民族、国家作了很多贡献,以前所知甚少;一是她的艺术修养和绘画能力,让我着实有些惊讶。慈禧也爱绘画,但宋的水平显然高多了。

因为逗留时间很短,而且主要是参加会议,所以游览都是挤时间零敲碎打。不过,如此短暂的停留,所到之处不及十一,就让我对南京充满好感,让我收获颇丰!南京,一个勇敢的城市,一个美丽的城市,一个有故事的城市,一个有梦想的城市,一个负载中华文明的城市,一个肩担使命阔步前行的城市!正是:

六朝山水静,十里秦淮香。
荣枯云过眼,风雨兴满江。
触目秋风景,闻鼻桂花香。
大气钟灵秀,沉思蕴沧桑。

忽然想起《老残游记》,好久没读了。回去一定要找出来,熏香沐浴,潜心再读!

读海防海权帖

2014年9月25日

增加军事知识,非常好!澄清一下,修长城防御,古人就知道不是长久,也不是根本防御之道。以此批评清朝上层统治者,失之于浅薄。海权思想需要顶层设计。文章批评李鸿章,显然避重就轻。帖中值得强烈推荐的观点是,"海军发展的铁律:不主动就是坐以待毙。"这在今天,尤其具有重要意义,不是反腐就行的。

李鸿章官至直隶总督兼北洋通商大臣,只是高级地方官员而已。海权这种思想,需要最高统治者懂才行。李鸿章就是真懂,不在其位,也没有办法啊!

这是典型战略层面理念。海权和海防也不必过于细分。即使退一步讲海防,宏观决策到位的话,海防也没有本质错误。至少是阶段性,或局部性选择。

李鸿章是在国家高层不懂,自己只有有限权力财力的前提下,只能海防。当然,他自身眼界的局限性,他自身人格的弱点,也是必须纳入判断的。无论如何,让清朝的地方官员,对整个国家的海权理念负责,这是滑稽可笑的事情。恐怕只有慈禧乐于如此,李本人忍气吞声而已。岂能服众?

今天的视野是全球视野。所以海权本身已经是局部观念。海权海防必须做好,有识之士早已明确。现在在最高战略层面的,是环球范围内,他国资源如何为我所用,公海如何体现我们的存在。而海军就是为这个层面保驾护航的,深蓝已是必须。就军事本身而言,"二战"已经确立了目前的海洋军事布局。重要的太平洋战略要地,不在我们管控之内。改变局面只能等下一次"洗牌"的时候。和平时期要积极为下一次"洗牌"做准备,也许就是明天!

中华文明基本脉络

2014年10月24日

说中华历史,和其他文明比照着写的。

开头不敢苟同——说中华成熟是4200年前。要知道孔子时代,《易经》已经是第三版了。那么复杂的书,其他文明没有,更关键的是,完成不是一两百年的事。孕育三版《易经》,恐怕一两千年就过去了。我承认,客观史学以出土文物、实际文字为依据。但我坚信,古本《易经》的发现,会把我们的文明回溯到更为久远。产生第一版《易经》的时代,就肯定是中华文明成熟的时代了。所以所谓4200年前,可能是第二次,甚至是第三个成熟周期了。红山文化将中华文明推溯到5000年前,你看看那出土文物,还不算成熟?

他的三条标准(文字、城市、青铜冶炼),文字我认可,后两条不能绝对化。试想,一个文明,玉器高度发达,只有青铜冶炼不行,就不算成熟文明?再有,城市的功能是什么?早期都是为了防御。那要是没有天然异族敌对呢?城市有必要吗?有需要才有创造!

吕天楚:青铜可以用来做工具和武器,而玉器不可以。青铜需要冶炼,而玉器只需要打磨。无论哪个角度青铜都是更好的衡量标准。城市的功能不只是防御,越早期城市的功能越重要,这种聚居能够带来很大的规模效益,使得生存成本降低。

笔者:青铜确实是作用巨大,也是文明标志。但文化文明除了实用的硬的方面,更重要的是软的方面,承载的巨大的美感、价值观念、历史观念这些,这一点玉器丝毫不逊于青铜。而城市的价值确实很高,但人类早期的多样性不一而足。我这方面阅读不够宽,但我坚信,会有单独的短期的文明自生自灭,没有敌对。帖子提到的红山文化似乎就是这样。其实退一步讲,我不同意的是把城市作为文化成熟的标志,城市体系过于复杂,作为文明标志似乎是苛求了。

当然作者可以这么写。因为他有定义权。我尊重他的定义权,但不同意他的定义

吕天楚:可能比较残酷,但文明本来就是一件大浪淘沙的事情。

笔者:确实是。越是早期,文明越是多形态,标准越难定。统一标准本身,都可能有失。

老钱讲鲁迅：医学即人学

2014 年 10 月 29 日

老钱来了！当年在北大，一干侠客，匍匐在老钱门下，起而论道，坐而谈诗，酒肉无行，拿周氏兄弟下饭开胃，俯仰之间，一时文坛佳话。而今老钱未老（心仍年轻），莅临北医，专讲鲁迅，正所谓行家里手，轻车熟路！喜欢鲁迅的可以饱耳福，喜爱文学的可以开眼界，关心教育的可以解心忧，关注人性的可以醉身轻。如果说当年李杜"煮酒细论文"的美事你无缘洗耳，那今天一定不要错过，一代高手纶音，山谷空寂，百鸟来仪！列仙同座，日月齐晖！

听讲后：

医学生对老钱不感冒，来的人不多。不过这样也好，很疏朗，安静！

老钱老了（75 岁，生理进入老年），但气色很好，是健康的老。声音沙哑，不知道是否因多年教学所致。讲起来容光焕发，像换了一个人。稿子是打印的，头很低才看见字。讲课有节奏，不疾不徐，看来是职业习惯。对新的鲁迅材料也有引用，研究者必需的。

讲解很风趣，开头自嘲说自己和医学的唯一关系是自己是病人。其风貌可见一斑。大家就是这样，收放自如，笑骂皆本色！

提到鲁迅恨中医，老钱说了自己的中医观，但坦诚不懂中医。说到很多当今的社会现象，他说自己近期演讲的主题都是健康、快乐、有意义地活着。他以为全部改革、全部文学和医学都是为了这三点。

同学们问了十来个问题，很散，从艾滋病关怀，到医院看病难。这些问题老钱的回答不出常人，毕竟不是专业的，不过也没有打太极。他也提到了政治、历史、文化的自身弱点……。老钱说中国历史上没有宗教，没有信仰，这是很常见的庸谈。本土有道教。佛教也有千年历史，连印度都消失了,我们还长盛不衰。清代皇帝都信佛。唐代崇尚道教。所以这一点看得出他没有多少思考。宗教方面我们和欧洲的不同是,我们的宗教一直没有成为支配性主导力量、和世俗政府相对抗的独立力量。说国人没有信仰,这个不敢苟同。基督教在西方也没有普及啊,林肯就不信教。

讲座后我私下问一个问题:如何评价鲁迅蛰居北洋这一段,是否有史料证实他钳制舆论文艺。老钱说没有史料证实。鲁迅觉得根本问题在人心,在于国民性,有什么群众就有什么政府,所以他批评政府少一些。不能因为他不说什么就反过来思考,他批评日本少,但不能认为是汉奸。每个学者都有一个范围。我们要看他说了什么,而不能根据没说什么反推。鲁迅认为根子是国民性,政府啊日本啊不是根本。

难以想象,一个75岁的老人,精神矍铄,为理想而讲演,为教育而奔波。他身上洋溢着理想和理性的光辉,散发着思考的美丽!他的声音已经苍老,但笑容依旧天真。岁月留下了痕迹,岁月也止步于他的精神!我爱人说老钱是我的偶像。我年届四十,已经过了偶像崇拜的年龄。但为了老钱,我愿意回到我的青春时代,把他当作我的偶像,追随着他,一起去寻找光明!

迷茫的对话

2014 年 12 月 19 日

读了一个帖子《你迷茫的原因在于读书太少而想得太多》。我转贴并感慨:我中年了,依然迷茫! 自忖读过几本书,还迷茫! 帖子严重夸大了读书的作用! 书要读,但就去除迷茫而言,没用!

海鹏:我还以为结婚生娃了就不会迷茫了呢,现在看来都一样哈~我觉得啊,真正能解决这个问题的只有宗教,只有宗教自成体系是个圆。其他的东西总有被"为什么"三个字问没词的时候。

笔者:于我心有戚戚焉! 不迷茫,唯一的方法就是宗教! 宗教里有超自然力量存在,可以让信徒的困惑有圆满的解释,从而停止困惑和思考。而对于没有皈依的思考者而言,困惑是永恒的。困惑是思考的前提,也是思考的结果! 困惑是思考者的宿命! 真正的智慧是止于当止。知道,控制,局限思考的边界,避免迷茫的负面!

海鹏:半醉半醒日复日,花落花开年复年。酒醒就去抱孩子,酒醉就来侃大山。乐此不疲! 时不时子房孔明,时不时见庙烧香,时不时感慨三分天注定,时不时登高一呼慷慨激昂,时不时青灯古佛,时不时儿女情长~夫复何求?

彩彩:宁老师,看了您的文字很受启发,我也常常会迷茫,不知道该怎么办才好。

笔者:把问题分类。很多问题书上有明确答案,则按书理解。比如研究透彻的很多自然现象。另一些,书上没有答案,那适当阅读,看看别人怎么想的。同时自己要有思考,不要变成别人的奴隶。很多社会现象,人生百味都是这样。有时候,一些选择我们没有根据,读书也没有收获,那就顺其自然吧,交给命运! 在人类认知的边缘,困惑是永恒的! 一部分人因此而迷茫,一部分人因此而探寻,一部分人因此而平和!世事如是,人生是哭是喜是平,在智慧,在自己!

　　孔子说:学而不思则罔,思而不学则殆。题目的迷茫是罔,读书少而想得多即思而不学。可见孔子也不认同。

油画欣赏

2015年1月24日

　　油画远观有一种童话感,稍微虚幻,像是梦,因而至美。油彩有一种厚重质感,让你观察细节和整体会有不同的感受。这种不同形成的张力让人有莫名的神秘感,让人惊讶于粗糙的油彩所具有的细腻而丰富的表现力。水墨丹青如同看水里的草(借用木心的经典比喻),水的清洌和草的明绿相映成趣,中国画之所以有留白,就是用水来衬托草的鲜妍。对象和环境相映成趣,折射出传统中国观念中主体与自然的关系。而油画没有这种感觉,即便是表现冷峻阴森凉薄苛刻,因为浓墨重彩(油彩都是这样),也让人有丰腴感,有厚实感。换句话,主体非常饱满。这也折射着西方传统上个体自由、生命凸显的态势。他们不是没有环境,而是环境与主体融为一体了。东西互见,也会互渐的。

　　古代中国特别强调敬天,自然与人是对立的,因而有天人合一之说。因对立而强调,而走向统一。西方传统没有这么对立的自然观念,人在自然中,本为一体。并在极端后则无限索取,改造过头。由统一趋于对立。这种对立统一之间的对立统一,在思想、哲学、生活、美与文艺方面,都饶有意趣。

　　水墨和油画都是有写意有写实,写意的都朦胧。写意的我喜欢水墨国画,妙在似与不似之间。写实的我喜欢油画,油彩堆积有立体感,非常逼真。油画抽象起来,走后现代路子就是分割组合,倒也是一种方式,但我不喜欢。演戏难在逼真,作画难在常物。一颗大白菜,怎么表现美?非常有挑战性。而抽象主义光怪陆离,类似哗众取宠。也许我的审美不够,也许我中传统文化的毒太深!

第二部分 短 文

情人节 调侃情人过节

2015年2月14日

如同"小姐"一样,"情人"本来是一个美丽而带有丝丝温暖的正性词汇,却被"小三"们生生给糟蹋了！连带着情人节,夹杂着媳妇的维权,情人的维情,"小三"的维稳,"小四"的维絷……闹得不亦乐乎。其实男人们要求并不多,不过媳妇维子,情人维美,"小三"维乐……我知道写至此,已经有女士暗咬牙关恨恨诅咒:让男人去死吧！也有男士要么奔走疲劳,要么苦中作乐,要么游刃有余,要么……男人梦想土耳其,合法一夫几多妻！浮一大白。生物学意义上,感情必然多元。社会伦理意义上,演变传承暧昧不明。法律意义上,大多民族必须一元。如此撕扯,很多个体无所适从,有的人格分裂,有的乐在其中,上帝生人不同啊！而必须直面的,偏偏有一个情人节！话说情人已属异数,焉能再有节日？更有男士举手说:这个可以有,我单身。啊哈,情人是可以有,情人节也可以有。不过其实,情人二字在国内已经被妖魔化了。单身男士可以有红颜知己,可以有闺蜜恋人,可以有未婚妻真爱。偏偏三者的交集是危险三角区,有证无证都禁行,违法必究！情人恰如鸡尾酒,光怪陆离幻美尤,恰恰中国俗文化,混合饮酒一醉休。情人别想,根本容易醉的！情人节别想,非常容易碎的！情人节里,未婚男士该做的,除了一束鲜花多多购物外,要么把情人升级娶回家,要么把关系撇清做蓝颜,要么正心诚意爱一个！别吃着嘴里看碗里,端着饭碗想饭锅。已婚男人更要小心了。情人根本是个陷阱,要么在字库里彻底删去,要么固化唯一链接指向媳妇。谨记箴言:在家爱媳妇,出门靠政府（前几天经典比喻,媳妇是政府）,头脑清清静,脚下一条路！呵呵,情人节到了,调侃一下。男士们,去买礼物吧！有情人的,今天必须哄！没有情人的,攒着明年送！攒了18年没送出去的,赶紧自己用！情人

的眼神,今天必须懂！情人的笑靥,小窗羞月笼！情人的马蜂窝,实在是必须捅！真爱你的情人,此刻呵护宠！哈哈哈,浮一大白！恭祝:情人节快乐！愿有情人终成眷属,鸳鸯伴侣！愿围城内其乐融怡,连理同枝！

三八何谓

2015年3月8日

今天是三八妇女节,祝大家节日快乐!男士也快乐!男人属于妇女日用品,女主人过节,男人有荣与焉。

模糊记得港台影视里"三八"是恶语,查了一下。还真是,百度说是台湾地区针对女性的标准省骂,香港也有应用,大致是轻浮,暴戾,莽撞不得体一类的含义。妇女节是国际节日,确定节日的人不知道台湾地区这一特产。如果是国人确定,或许会避开3月8日。我完全不支持对女性的侮辱,男性没本事没素质才会对女性侮辱或动粗。有的网页提到,清末通商口岸规定逢八洋人可以游园,而中国百姓用"三八"辱骂洋人。不知道和目前针对女性的恶语是否有传承关系。

另外两种枪俗名"三八",很神奇。一种是抗日战争时期日本人的三八大盖儿。这是一种步枪,比普通步枪火力强,不如轻机枪。当时东北民间有说辞:"没有枪炮不算啥,打死鬼子扛三八"(《东北人民抗日歌谣选·不用愁》)。看来从敌人手里夺枪,是落后一方最朴素常见的获得武器的方式,没有办法的办法。我小时候听评书,知道三八大盖儿这个词儿。另一种枪是"点三八"。20世纪七八十年代香港警察标准配枪。影视剧里有过,记得好像是一个警察把枪丢了,台词说是丢了"点三八"。"点三八"是口径,0.38厘米?感觉太细了,不够威猛。可能是别的单位,比如英制单位。

电视里看是短枪。百度说还有长枪同名。

中国古代"三八"是时间用语,阴历每月初八,十八,二十八三个日子。网上提到:宋王得臣《麈史·谐谑》:"都城相国寺最据冲会,每月朔望三八日即开,伎巧百工列肆罔有不集。"宋楼钥《北行日录》卷下:"相国寺如故,每月亦以三八日开寺。"看来和佛教有关。《佛学大辞典》提到,每月初八、十

八、二十八等三日,乃禅家于佛殿念诵之日。古以每月初三、十三、二十三、初八、十八、二十八等六日行之。逢三祈念国家、佛法隆昌、施主安稳;逢八观无常、祈念完成一己之修行。其后衍为上八(初八)、中八(十八)、下八(二十八)等三个八日。上八、中八时念帝道遐昌、法轮常转等,下八则令众念无常,"敕修百丈清规卷二念诵条、禅林象器笺节时门"。现在一些地方逢八仍是庙会或民间集会。

东西方节日

2015年4月5日

巧了,今天是两个节日——基督徒的复活节(Easter Day),中华和东方的清明节。

复活节是庆祝基督复活的节日。日期每年不同,计算方法不同教派不一样。The spirit of Easter is all about Hope, Love and New Beginning. More than any other festival, the spirit of Easter is one of joy and victory. 看来这是一个充满了希望、爱、新生、欢快与胜利的节日。多好啊!我要对过节的亲们说:节日快乐!衷心祝福我认识的基督徒:杨杨,柳柳,高高!

easter这个词有意思,字面含义是东方人。所以easter day是东方人的节日。这其中有历史宗教的寓意吗?有语言流承的意义吗?有今日东西的提示吗?大家教我。

东方今天是清明!纪念祖先,扫祭哀思,情绪与复活节正相反。当然古人视死如生,也是希望先人复活,或在另一个世界继续健朗生活的意思。只是情绪是哀戚的,方向是回溯思念的,总结多于启示的。情绪上顶多加一点春来日暖,踏青郊游的积极。

昨天为你读诗微信,欣赏了两首清明诗歌。《清明》作者是杜牧(唐),"清明时节雨纷纷,路上行人欲断魂。借问酒家何处有,牧童遥指杏花村。"《苏堤清明即事》的作者是南宋吴惟信,其诗云:"梨花风起正清明,游子寻春半出城。日暮笙歌收拾去,万株杨柳属流莺。"前一首断魂,后一首也是淡淡的,不是欢欣。

两年前,我和高高在清明节这一天有对话。赶上节日,开始我想说节日快乐!没说出来,因为清明不能快乐。后来说:清明安好!稍微觉得怪一点。高高也说这是她第一次接到清明节祝福。

日本人不过清明，他们在七月十五盂兰盆节祭祀祖先（这也是中华文化影响）。朝鲜族好像也不过。韩日的清明都是华侨过节。这样挺好，有国际性，又省得日本、韩国说起源于他们。

复活节的图案是鲜花、小兔、彩蛋。清明的活动是插柳、秋千、马球。丰富多彩！亲，你怎么过的？！

柳清：easter是有东方的意思。太阳从东方升起，象征基督复活。东方人也译作eastern。

汪国真先生逝世

2015年4月26日

刚刚知道,汪国真先生西去,时年59岁!20世纪80年代他名噪一时!我们"70后"都读过他的文字。他的诗歌朗朗上口,简洁美丽!我非常喜欢。当时就有人批评他浅显,我不以为然。"床前明月光"就深刻复杂幽微委曲吗?如果李白生在今天,会如何?国人过于狭隘。后来他销声匿迹了,或者,一方面媒体不再关注他,另一方面他也有退意(我的猜测)。繁华之后的感觉。去年读到他的散文,仍然很好。文字如同清泉,汩汩潺潺,莹莹粲粲!有时间读读他的集子,以为纪念。愿他走好,天国安息!斯人已去,文字永存!

看《必应词典》上介绍,有批评"缺少对于世界和情感的真切感悟"。虽然在悲哀中,我还是被气乐了。什么是"对于世界和情感的真切感悟"?杜甫的就是真切体悟?李商隐的是?苏东坡的是?徐文长、李东阳的是?建议大家自己去读他的文字,喜欢则继续,不喜欢则去炒股。不要理这些所谓文艺批评,鸡蛋里挑骨头而已,也不看看自己嘴里有没有象牙!词典里说他书法也好,以后找来看看。

诗歌的流派很多,表达对象情感各异。记得王国维评词,说后主生长于深宫妇人之手,于表达清丽婉约有益。苏轼宦海浮沉饱经磨难,于表达深沉悲怆豪放畅达有益(记得如此,一会儿查查《人间词话》)。如果用豪放派的标准要求后主和易安居士。反之亦然。非得用一些貌似高深实则无物的标准去扣帽子,却不静心体味,力行感触,文艺评论入了这个路子,必然死路一条。当然完全可以批评。在文艺批评面前,所有文字都等待着检验。问题是怎么批评,出发点、标准、目的这些怎么确定?可以探讨汪诗的文字、结构、意境、作用,优缺点都可以讨论,不过不能吹毛求疵。比如刘翔

短跑可以,非得批评人家不能跑万米。丁俊晖会台球,非得逼着他得围棋冠军,岂有此理!阅读是最好的纪念!

怀念汪国真先生

其一

你的生命秋光正美,
为什么　我却看到了冬的风霜!
只是你那美丽的身影,模糊了,我的眷恋苍苍。
在怀念旁,岂能彷徨,
我要伸出双手,
捧起水中的月亮,
留住秋的光!
让昨日成为永恒,
也成为小河流淌。
人生并非只有一处,
缤纷烂漫,
那凋零的是生命——不是诗心朗朗!

其二

没有比人更高的山,山登绝顶;
没有比脚更长的路,路尽苍茫;
既然选择了远方,远到天界;
便必须风雨兼程,风雨坚强!
获得是一种满足,满足千万人。
给予是一种快乐,快乐泪汪汪

其三

吟诵是最好的悼念,阅读是永恒的缅怀。
伴随着他的文字,我们成长。
目送着他的长眠,我们感恩。
不必苍凉深刻,清新就好;
不必大气雄浑,真诚万岁!
他走了,他的诗意盎然。
他走了,他的诗心长盛,
安息吧!

其四

汪汪水清浅,国国诵明朗。
真诚诗之本,走远美留香。
了无牵挂碍,安享敬颂扬。
息关心纪念,吧嗒泪流淌。

其五

他永远活在20岁!
他代表着青春,他用情的语言,描绘着你我的清纯美好。
他永远活在20岁!
他代表着真诚,他用纯的语言,述说着时代的坦然真挚。
他永远活在20岁!
他代表着浪漫,他用诗的语言,吟唱着永恒的爱语伦音。

他永远活在20岁……

应颖秋:语言挺平实的。

笔者:他的风格类似文艺小清新。他不会有苍凉深刻,也不会大气雄浑,不会纵横今古,也不会剑指人心。他只是饱含真情,把一腔青春热血,以诗的简洁明丽,喷薄而出。用词平实简单,句子平和幽婉,情感真诚动人,着眼点主要是个人情感经历和个人奋斗。适合20岁左右,刚刚体悟人生的青年。

读汪国真散文

2014年10月3日

红极一时又饱受争议的诗人。他的诗歌浅显易懂,优美向上,却被很多人贬低,排斥。这些人把"床前明月光"夸得恁好,却容不得一个同时代的文艺青年。可悲啊,时人!如今他中年了,用诗心写散文,看这些理论家作何理论?!北岛说:"在行走中我们失去了很多,而失去的往往又成为财富。"我觉得有道理。在付出中我们牺牲了很多,而牺牲的往往又有了回报!

夹　缝

2015年5月3日

人生充满了夹缝,夹缝是人生的必然。高兴时两头夸奖,利益均沾;为难处双方挤兑,蜡烛两燃。最害怕彼此联手,做局陷阱。剃头挑一头冷热,司空见惯。

夹缝分上下和左右两种。上下常见,所有等级体系,除去两头的,中间都在夹缝里。此时如果官僚,上下传递即可,不用思考和担当。如果想高升,可以层层加码,这样你回报上级的比上级要求的多,上级自然高兴。有时候多一事不如少一事,可以做减法。这样当然要先分析态势规避责任。李鸿章说做官无非推脱二字。于上下级而言,无非上推下,下推上而已。还有官场的经典说法"琉璃蛋"——油滑的抓不到、碰不得、挤不走、捧不起——都是善于规避的妙喻。在特别落后的官僚体系里,血气和担当最要不得。血气则无法明哲保身,担当则无数明箭难防。前者如文天祥、姜白石,在官僚体系里血气方刚意图救治国难,结果不是赋闲就是挂职。后者如岳鹏举、史可法,大厦将倾一肩担负,民族危亡千古英雄,生前却受尽折磨不堪其辱,结局不是死于敌手就是死于奸臣。如此这般,只能是一叹了!中国几千年历史成就斐然,但最大遗憾是束缚权力遏制官僚做得非常不好,近乎交了白卷。其实大家都心知肚明,但身处其中只能是推脱太极。消磨血气,抛弃担当,推脱了事,"油条"不倒。这就是中国最高深的学问——厚黑学。

还有就是左右,三足鼎立。(1)三方力量相当,彼此均势。比如美国的三权分立,彼此牵制平衡,博弈约束,为的是避免官僚化和一支独大。因为有宪法约束,所以三方和平长处。如果没有更大的力量约束,一方可以吃掉另一方,那三者平衡时,未来不好确定。得看消长演化。(2)两弱一强:

《三国演义》写的就是这个故事。诸葛亮的指导思想就是弱弱联合,这个规律有普遍性。后来蜀国背离了自己的指导思想,因而一败涂地。这两种情况不算夹缝。(3)两强一弱,弱势一方身处夹缝,不胜其苦。历史上多数这种情况,都是以弱势被吞并消灭为结果。以小博大也有成功案例,比如新加坡就是。如果是个人,夹缝中被迫站队,那非常痛苦;不站队更惨,可能死的更快。《红楼梦》里一句:"虎兕相逢大梦归",说的就是这种悲惨。当然不必站队也有,"文化大革命"中的逍遥派就是。"文化大革命"结束时逍遥派最舒服,造孽少,作为第三方收拾残局。

个人身处夹缝中,第一要知道这是必然的,不必焦急。第二是尽量规避责任,避免陷阱,明哲保身。第三看演化趋势,不必站队则逍遥,必须站队则看眼界取舍。第四看紧张程度和时间紧迫性。有时候白驹过隙无法回头,也是一种态势,没办法的。第五进退要有谋划。当然成事在天,不过全无计划则必然进退失据。在封建保守的官僚体系,进往往险象环生,此时能全身而退,已经是高手了。第六看个人境界。如果在大是非面前一味躲,那人格尊严全无,身是苟安,人则会被时人不齿,会被扔进历史垃圾堆。所以也是一个选择取舍。由此夹缝中有人焦虑不安,有人舒服散淡,有人呼风唤雨之后遗臭万年,有人隐忍偷生之后通吃全活。所谓人生,就是夹缝中的人生啊!

家里一样。经典夹缝是婆媳间的男人。没办法。公认的最难题,男人面对吧!各种支招都有,比如孝啊慈啊,比如分家不在一个屋檐下啊,比如女权人权啊……解决没?至少在中国没解决。

母 亲 节

2015 年 5 月 10 日

今天是母亲节,祝天下母亲快乐!祝已经、目前、将来成为母亲的女人们快乐!祝男人和孩子们快乐(没有二者,女人做不成母亲)!

国内过母亲节,都是自发的。政府没有倡导,人大没有立法(建议官方正式鼓励)。可见,对母亲的尊重、关爱深入人心,是人之常情,是人类必然!

生物学上不言自明。母亲关乎人类繁衍,意义非凡。繁衍是人的自然生物特征,是人类几万年连续存在的必然,是生物进化适应的前提。这一点,人和一切生物一样。电影小说会有技术生殖。人类也在试管婴儿,体细胞繁育尝试,但到目前为止,卵子、怀胎、哺乳这些,母亲的生物学作用仍然不可替代。即便将来可以替代,那技术也必然是母亲的模仿,人类是不能忘却母亲的价值的。由此,母亲的生物学作用是绝对的,永恒的,不可磨灭的。很多文学表达、思想呈现、历史载体、地理探索都有该作用的身影。血浓于水,血脉相连,生生不息,生殖崇拜,母亲河水…我们把依赖形容为没有断奶,把紧密形容为脐带相连,把提前终止形容为胎死腹中(感觉心里一紧)。《智取威虎山》里有奶头山,丹霞山有阴元石(又称"处女渊""少阴石""玉女贞石"),等等。神话宗教中,我们的始祖是女娲,西方人的始祖是夏娃,古代中国有王母,《圣经》里有圣母,《古兰经》有先知的母亲等。这些观念首先是基于生物学意义的。

当然,观念中也必然有其社会意义、价值判断。母亲此时往往是坚韧、奉献、温柔、合和、宽容……可以说一切人类品质的正面词汇,都可以用在母亲身上。而仅仅因为母亲身份而形成的负面词汇,我的头脑中是空白。不过,社会作用不能绝对化。物极必反,过度即是错误。中国古代的孝观

念(也包括父亲,爷祖),承载了太多扭曲人性的东西,要么需要摈弃,要么需要重新界定厘清。我自己除非是如此讨论孝本身,否则坚决不用这个字。

中国人喜欢泛政治化,泛道德化。前者导致中国人掉进非此即彼的漩涡不能突破,后者导致陷入虚伪欺骗的困境难以自拔,都是悲剧。母亲的社会道德价值由此也常常被夸大、绝对化。比如把母亲的作用只描述为正面作用。其实现实中的"虎妈"(凶悍)、"狐妈"(狡猾自私),"比目鱼妈妈"(短视),"二猪头妈妈","围墙妈妈"(不给自由),"天花板妈妈"(遏制成长)……太多了。人类的缺漏借母亲的身份而扩大、强化、固化,更加负面化、极端化。

咏　夜

2015 年 5 月 17 日

之一

夜的胃口真好,吞噬了天地旷宇,还冲进了我的心峦/于是我的心有了黑暗,为了光明而有了黑暗/夜也很浪漫,她留着月亮,供你遐思默想/从而你的梦里有了缱绻,朦胧而圆满/夜是鸡尾酒,谁喝了她?/爱意更温馨,情调更朦胧,彼此更留恋/夜也是鸡血酒,有人喝了它/敢,敢,敢……胆子大一点,下手快一点……夜是一幕悲喜剧,泪水浸着欢乐,一家一家是主演/落幕后,上学的上学,上班的上班,闲散的闲散/夜是游子的心,临风凭栏/夜是妈妈的手,一针一线/夜是你的流连,此刻无眠。

之二

夜是一阵唧啾——夜莺在唱,也是一时喵喵——夜猫在淘/夜是一点吃食——夜宵香暖,也是一顿丰盛——夜宴饕餮/夜是女人啊,夜色撩人,夜来香,夜雨时/夜是浪漫哦,小夜曲,夜阑珊,夜深沉/夜是明亮——夜光是眼睛的情侣/夜是漆黑——暗夜是心灵的坟墓/夜是漫漫——长夜良人牵手伴/夜是静谧——夜半无人私语时/这是夜的怒放,夜之花/这是夜的交响,夜未央/这是夜的安恬,夜阑人静/这是夜的调情,风花雪夜/夜是急脾气,星夜兼路/也很虚荣心,锦衣夜游/有时会纳闷,夙夜匪懈/常常作反思,扪心清夜/夜是您,昼耕夜诵,偶尔欢娱嫌夜短/夜是我,夙兴夜寐,半夜敲门心不惊/正是:山阴夜雪犬不吠,夜月朝花珠未投!

云

2015年6月11日

云之一

今天早晨北京一片明朗,蓝天白云,非常养眼!众位微友纷纷亮出神器,大秀美图,惹得我不禁思考:为什么我们都喜欢云?

我们离云一直都是远远的,她从来没有与我们"亲近"过。最幸福的是飞行员,也隔着厚厚的玻璃。只有"一战"时的飞行员,可以打开座舱盖,扣动扳机时,让一许白云在脸颊浮过,非常惬意!你我碌碌,再也没有这个机会了。

云从来没有一个固定的形态。她一刻不停地在演变。我们看到的也只是她的一面。在平地,在山巅,在高空,同一朵云看着自是不同。她像神仙一样,千面示人,不拘一是。

云的脾气也千变万化。雷霆时摧枯拉朽,撼天动地。温存时柔而无骨,静而端淑。庞大时遮天蔽日,吞吐山河。弱小时慢写轻描,一缕似无。她就像我们的主宰!我们只能拜服!

云也有实际的意义。干旱时,人们抬头望云盼雨。燥热时,人们希望云来庇荫。放卫星,希望万里无云。诗意盎然,会说莫畏浮云遮望眼。当然很多人认为诗意不是实际,也有道理。

云之二

天空真蓝,蓝水晶一样,光泽而纯净,也像一个童话,一个梦美。

云是蓝天的宠儿。很闲适悠然的样子。一忽儿舒展,长袖善舞。一忽儿害羞,和你捉迷藏。一会儿淡淡,一缕缕以为是蓝玉的微瑕。一会儿浓

浓,孕育着雷霆雨露。

云是什么？云是你的心啊——自由奔放,而又美丽恬然。

云之三

如果你是一朵云,我愿化作蓝天,
用纯净晶莹,衬托你的柔媚。
你悠闲地舒展,惬意地收卷,
我轻盈地淡远,欢欣地观感。

云之四

投入蓝天,你就是白云/一缕一簇,是你的梦魂/你且自由,你且飘逸/在蓝天的怀抱里,你最缤纷//旷野的虚高,你有真诚的依恋/大海的宽阔,有你矢志的倾心/你在蓝天的臂弯,笑轻困顿/你为莹宇的呵护,竟起新坟//你随清风,流布四野/你伴明月,点燃黄昏/你是繁星的面纱,淡雅韵致/你是造物的手笔,玄妙清芬。

云之五

初夏凉爽时节,风吹雨滴间歇,
晴空一洗蓝田,游云几飘白雪。
帝都雾霾虚无,玉宇澄清真切。
人人争相扬眉,还我本来冰洁。

云之六:有一种美丽心情叫"北京蓝"

我们天天用中国蓝,有点红。传统中国瓷器,印染也有中国蓝,有些

幽！那是中国的颜色！这几日北京蓝，醉人无数！借此帖可以回顾一下。这是新时代北京的颜色！

云之七

连续一周好天色，蓝天丽日白云，和风秒雨清晨。

今天大家习惯了，不再感慨！其实，今天的云，也很美！现在有些密集，中午的时候，非常好，层次感、立体感、动感都十足。而背后的蓝，时而浅淡，时而明丽，时而深厚，时而暗幽，很富于变化！哪里是蓝天映衬白云，分明是白云点缀蓝天！

为什么我们这么喜欢云天？除了实际意义（降雨庇荫）外，大概云天可以满足我们一切恣意和浪漫的遐想与美感！可以带给我们无穷无尽的期待与启迪！这变化的云，分明是哲学意义的世界、人生的具化与形容。道家后来天才般绘出了阴阳鱼来表示二元周易哲学。为什么不是乌云与白云呢？乌云与白云，显然更富于变化消长，更形象生动！嗯，古人大概有误解！

昨天的晚霞也非常美。火烧云如同一朵大红花，变幻身姿，在天边逗弄你的想象力！挑战你的视觉体验！期待今晚哦！

云之八 《云水禅心》

云雾茶氲，云溪城新，云水禅心，云雨情深。

按：《云水禅心》是一首曲子。云溪是岳阳市的一个城区新名，挨着岳阳区。

Flag Day

2015年6月14日

今天是美国的Flag Day,就是国旗日。本来是美帝的节日,我们自不必置喙。所谓"大路朝天,各走一边"。不过看了他们的一点历史,倒有一些感受。

美国是1776年7月4日建国。1885年第一次有人提国旗日,1949年才立法确立。这是一个十分漫长的自然发生的过程。在这个过程中,民间的推动是决定性的。这是一种真实的主人翁意识,民主的自然表现。后来政治家看到了民间的积酝,予以推动,最后水到渠成立法确立,则是民主的最后实现。观察这个纪念日的诞生,是研究民主理念,民间庙堂互动的良好样本。而1914年国务卿关于国旗的一段话:"I am what you make me, nothing more. I swing before your eyes as a bright gleam of color, a symbol of yourself." 则最好地体现了国旗与国民的关系。那碧空飞扬的,正是美国公民自己的精神、自己的象征。这就是美国式的民主,这些观念已经超越了国旗本身,成为一种民间共识。

说到这,必须提及的另一面,是焚烧国旗现象。国旗是国家象征,反对这个国家的人,焚烧该国国旗,自不必讨论,比如南北战争中的南部反叛。这里说的是美国公民自己,不反对国家,甚至非常爱国的前提下,焚烧国旗行为。很有意思的是,无论是大法官投票,还是民间公投,都是认为焚烧国旗无罪的一方获胜。民间,政治家和法官的支持观点认为,言论自由比国旗本身重要。如果焚烧国旗是一种观点表达,是一种言论诉求的话,完全可以!多么耐人寻味!当然,这里也有政治智慧。参与裁决的大法官布列南说:"一个连国旗都'让烧'的国家,你还烧它干吗呢?"事实也是如此,确立焚烧国旗不违法之后,类似行为也极为罕见,基本体现了美国公民对自

己国家和国旗的尊重。这就是美国式民主的理念与实践。

　　只是说说而已,别无他。一些认为美帝在打压中国、在和平演变中国的人认为,美国一无是处！我也知道它在和平演变,也不认为它有多伟大、多神圣！它也只是人类发展历史中的一朵浪花,不是真理,也不会永恒！若干年前,福山的历史终结观点甚嚣尘上,现在福山自己都在调整呢。依我的陋见,局域历史终结了没错,但环球的历史才刚刚开始呀！何必杞人忧天,何必庸人自扰！历史是大家的,不是美国的！民主也是大家的,岂是美国的?！

任性的雨

2015年6月17日

刚刚还在说,天气预报骗人,报了有雨,却是日头,热乎乎。一转眼,风已经完成了云的布局,四野暗黑,天地混沌。你还在讶异,太阳怎么一刹那就没了?!雨点已经瞬间铺天盖地占领视野,而噼噼啪啪的敲击声也充溢了耳鼓,整个身体已经浸入了雨水的湿润,不由自主地透心凉!这时候你才缓过来要躲雨,脚步踉跄跑到屋檐下,气喘吁吁抹了一把额头的雨水和汗水。定了定神再一看,雨已经华丽转身,夹杂了让人惊讶的冰雹!而那声音,也更加促急激越了。

就是这样任性,北京的雨,躁急而暴烈,让人猝不及防。于是各种感慨,各种联想,各种预期,各种晒!电子时代了,实景音影,文字绘画,不一而足,瞬间刷屏!

人是活在当下的动物。当我们沉浸在雨的旋律中不想自拔时,雨已经抽身他去。云仿佛只是一个窗帘,一拉就消失了。太阳又露出了笑脸,看着这个水乡泽国。天边,已经有了七彩虹霓。大树,已经披上流动的外衣。草儿还在抹眼泪,蚯蚓仍在忙探头。蜗牛只爬了半途,继续蜗行。园丁最尴尬了,浇水也不是,不浇也不是,拿着胶皮管呆立。行人们则加快了步伐,万一再来一雹呢?!赶紧回家是正经。最舒服的是游园。瞬间天地恬爽,热浪全无,心明眼净,鼻清脸润。本来的闲适,更加的惬意;本来的疏放,更加的恣然。

北京的雨,这样任性地来,任性地走。我们的心情,一忽儿云端,一忽儿潺潺,多么美妙!

今天晚上,北京的星星特别明亮!你仰望了吗?!

总有星辰凌浩宇,怎由风雨晦乾坤。朗朗英雄贯丽日,潇潇长史写人心!

夏至诗词天地：夏至已至，诗词雅集

2015年6月22日

小洗神仙大概忙一点，这一期诗词不多。其实古今的夏至诗不少。夏至是最早的节气，有阳极生阴的特点。如帖中明代张正蒙句："岁序一阴长"，唐代权德舆句："今日一阴生。"帖子未提及的如唐代韦应物《夏至避暑北池》有句："昼晷已云极，宵漏自此长。"唐代白居易《思归时初为校书郎》有句："夏至一阴生，稍稍夕漏迟。"宋朝张耒《夏至》有句："微阴生九原。"明朝刘基《夏日杂兴（四首）》有句："夏至阴生景渐催。"这些都是阳极阴生的例子。

夏至一般在端午后，所以节俗很多是重叠的。贴中宋代范成大《夏至》有句："李核垂腰祝饐，粽丝系臂扶羸。"帖子未及的唐代白居易《和梦得夏至忆苏州呈卢宾客》有句："忆在苏州日，常谙夏至筵。"粽香筒竹嫩，炙脆子鹅鲜。白居易诗是和刘禹锡的，不过我没有找到刘禹锡诗，有些遗憾，求方家教我。

当然"夏至"二字，不一定是节气，可能只是泛泛说，夏天来了！比如宋代方回《过嘉兴道中接待寺丁丑十二月赴逮扬州遇雪留》有句："事白夏至秋，然后得南旋。"这肯定不是节气。再如明代樊阜《田间杂咏（六首）》有句："新水涨荒陂，芸芸稻盈亩。东家及西邻，世世结亲友。夏至熟黄瓜，秋来酿白酒……"不知道就里，一般黄瓜在夏至前就熟了。等到读到"节序届芒种，何人得悠闲……"才知道，时在芒种，不是夏至。

帖子第一首宋代范成大《夏至》，是六言诗。古代五言、七言自不必说，庙堂据以选士，古近蔚为大观。四言诗少，钱钟书继《诗经》后，只找到了《焦氏易林》这样的"非诗"，就很高兴了。六言诗就很少，八言诗也凤麟。曹雪芹《石头记》的章回题目用八言，是一大特点，比如"情切切良宵花解语,意绵绵静日玉生香",美得不可言传,值得关注。今人老树画画的很多"白话格律诗"是六言,让我很是讶异。此帖一上来就是一首六言,真是眼前一亮。你喜欢吗?

本来想就此打住。看帖子题目忽然想起郭敬明这个小顽童的《夏至未至》,里面写道:"不过,当我们决定了孤独地上路,一切的诅咒一切的背叛都丢在身后,我们可以倔强地微笑,难过地哭泣,可是依然把脚步继续铿锵。"怎么样,"70后","60后",你们喜欢吗?文学大咖,你们在意吗?我还是很喜欢的。

我认识的一个美女名"听夏"。各位,你们听到了"夏至"吗?!

大同和云冈石窟

2015 年 7 月 3 日

2013年夏天，笔者有幸来到山西大同一游。

中国的抚顺、大同等地都是国家能源基地，"产煤大户"，因此大同给人的一般印象是煤。去之前，我的脑海里自然呈现出煤都的壮丽景象。当然，壮丽的同时，也有污染和矿难。山西的矿难十几年前闻名遐迩，屡有官员问责。这几年好像销声匿迹了，不知道实际情况如何。

真到了大同才知道，沧桑巨变啊！污染和矿难都已经成为历史。污染和矿难的核心原因是采煤技术，包括安全保障技术。以前之所以局面恶劣，主要是私人煤窑太多，都在用原始作坊的落后方式采煤，导致污染严重、矿难事故频发。当然国营大矿当时也有一些问题，主要是安全意识不够，一应安全设施都在，就是实际不运转。等到瓦斯、塌方、透水一发生，井下告急，才知道安全措施的意义！经过若干年的反思和血的代价，政府管理方终于痛下决心，坚决整顿。私营煤窑一律收归国有；国有煤矿提高安全意识，安全第一，技术保障落到实处。这样短短几年，大同已经彻底扭转了安全的被动局面。而后来建成的全封闭式的采煤示范基地，在国内遥遥领先。因为全封闭，所以粉尘污染彻底消失。同时与下游发电整合，煤炭不出矿区，发电后直接并网输注北中国。而发电过程中的污染也彻底得到控制，几乎没有工业垃圾、大气污染这些。

在大同普通市区，目前已经没有了污染粉尘的痕迹。我特别让出租车开到老的矿区去看一下。老的矿区因为历史积累严重，所以仍有污染煤尘。司机自豪地说，以前市区也是这样，现在市区都没了。读到此处，您惊讶吗？这就是我们祖国的巨大进步啊！意识和技术共同推动了社会文明的建立、发展。

大同除了以煤闻名之外，还是著名古都，旅游胜地。大同曾名平城，是北魏中期（公元398年到公元494年）都城，历经6位皇帝。包括著名的孝文帝拓跋宏，他的改革大戏历久弥新，至今为人称道。因为历史和地理的原因，大同景点众多，全国知名景点包括云冈石窟、悬空寺、恒山景区、大同古城墙等。其中云冈石窟是全国四大石窟之一，名闻中外。可以说，不到云冈石窟，就等于没有到过大同。

我们开始去石窟时，天色略阴暗，空气中透着湿润。后来在景区游览时，渐渐云去风清，丽日中天，这样的变化非常惬意，让人心情舒爽！这也正应了云冈石窟的名字，云是它的主题啊！云冈石窟景区的入口一看就是新修不久，是按照现代理念修建的，包括宣传、管理、接待和娱乐休闲这些，因为和主景区有适当的距离，所以彼此相得益彰。当地人士说这是耿市长的成绩。说话时，他的神情和语气都透露着自豪！

以前见过云冈石窟在民国时代的照片，是外国人（法国驻华使馆工作人员，名字不记得了，好像后来成为国际知名摄影师）拍摄的。除了壮观的雕刻、建筑外，周围荒山秃岭，简直没有一点旅游区的样子。导游也说，云冈石窟为世人关注之前，一度被当地居民当作牲畜饲养场所。笔者带着这些印象置身主景区，看到的恰恰相反，眼前的云冈石窟，完全是现代旅游规划的5A级景区。古代遗存保留完好，现代旅游服务一应俱全，可以说完美结合！

而真正面对巨大的石刻雕像时，我惊叹不已，由衷地感到悲壮！

所壮者何？所悲者何？

云冈石窟的遗存都堪称精品，在雕刻艺术、佛学、历史、建筑等方面是一座巨大的宝库！单就审美而言，早期雕刻劲健质朴，中期雕刻精美华丽，晚期雕刻秀骨清像，这种变换演进就足够艺术领域专业人士品评再三了。而我作为"门外妞"，一瞬间置身于如此恢宏的艺术佛教圣地，只有叹为观止的份儿，那种震撼无以言表。此之为"壮"——壮美，壮观，壮健！

比如第三窟是云冈最大的石窟，初唐时雕刻。本尊坐佛和两菩萨立像

栩栩如生，面貌骨肉鲜活圆润，花冠衣纹流畅精美，足具审美精义。昙曜五窟后室北壁主像为三世佛，中央坐像高17米，是云冈石窟最大的佛像，非常壮观震撼，挺拔矍铄。而第六窟是云冈石窟中最有代表性的一个。该窟雕出33幅描写释迦牟尼从诞生到成道的佛传故事浮雕，宏伟辉煌，富丽精致，让人驻足流连，久而忘返。

除了"壮"之外，笔者感慨最多的就是"悲"——几乎全部的佛像都有不同程度的损毁！如果这种损毁是由于历史沧桑，时代久远，倒也罢了。笔者之所以悲，是因为多数损毁都是人为破坏造成。前人雕刻，可能历经几十年风餐露宿，苦心孤诣！而毁坏却只是一瞬间，一榔头的事情。战争、愚昧、贪婪是这一瞬间的主宰！非人的理念导致野蛮的行为！每一处残破都是一个悲凉的故事，一个血泪的曾经！可以说，这不仅仅是佛教的悲哀！这更是中华民族的悲哀！只有外能御侮，内能扬善，才可以避免类似事情的重演。

在这样一个古代与现代的时空交汇处，笔者沐浴着悲壮的美丽与苍凉，感觉五味杂陈，无以名状。大同——一个会有感动，一个值得流连的地方！大同的悲凉壮美，其实也是中国的化身，正如此地地名——"大同"一样！天下大同！

回来路上，笔者偶得几句：美矣先盛唐百载，丽兮后虔宇千寻，大者佛笑对梅花，同乎我梦里乾坤。首字是"美丽大同"。梅谐音是煤，乾谐音是钱，对应大同——一个因煤而富的地方！而且不仅仅只有煤，更有不可比拟、不可错过的美丽啊！

豆　腐

2015年10月5日

我生长在乡下，儿时在农村度过。20世纪70年代生活艰苦，一年四季没有什么吃食。偶尔有豆腐，就是享受了。豆制食品包括大豆腐、豆腐干、豆腐脑、豆浆，后来还有人造肉。我都喜欢。

这几天在岳父家度过。村里的豆腐非常好，终于可以享受一次了。豆腐都是起大早做，卖也很早，六点多，鸡还在唱。一般是在岳父家旁的空地上卖。

豆腐阿姨没有变化。见我走来，笑着说："他姐夫，家来啦！"沂蒙音，十年前我还不大听懂。我问好，回答说是是……她一边说话，一边慢慢打开豆腐纱布，认真得像是打开婴儿的褓褓。啊，热气腾腾，一大板儿。她小心翼翼地拿起刀，娴熟却仔细地每边三分定位，顺势落刀。刀重，豆腐软，手麻利，仿佛切向虚无，一刀斩断时空与苍茫。阿姨显然没有想这些，只是认真，轻轻几下，豆腐一分为九。她拿起第一块，给了最先来的姐姐，第二块给了我。

其实我一直没有说买，只是一边看一边与她拉呱儿（聊天儿，唠嗑儿）。苹果长势，豆子涨价，起早辛苦……不过十来年我来了十多次，虽然每次只是几分钟几句话，她早已知道我喜欢，一定会买。我也就顺手接了，赶紧准备钱，并道谢。

又聊了几句。她向旁人说我没有隔阂，不像城市的。我笑着没有解释。本来我就是乡下孩子嘛。而这里老乡淳朴，她的感受也是自然真实，本分直接。

回到屋里，赶紧尝一尝。一直热乎乎呢，豆子蛋白芳香，沁人心脾。十年前的味道依然没有变化，历久如旧而弥新弥香。我喜欢回农村，喜欢来这里，主要就是为了这里的自然与朴素，不变与舒缓。

吃饭大学

2016年3月27日

去"吃饭大学"办事,在西门麦当劳吃午饭。

一角,一老一少。老先生白发苍苍,带红绒毛线帽,白衬衣夹克衫,干净时尚,衣冠楚楚,比普通老爷爷气派得多。少女看着是东方人。不过俩人说英语,气氛温和儒雅。后来过来一个人,直接坐在他们邻座。老者扭头看到,马上声音高了八度,说他占了那个位置。语气的霸道和尖锐,一下子把刚才的英语气氛都打破了……

两个阿拉伯人吃饭。女士的红纱巾,非常漂亮!整个进餐过程没有摘纱巾,优美而温婉。我始终觉得,就像旗袍是中华给服装设计的贡献一样,美丽的头巾是阿拉伯文明对女性美的巨大贡献!让女性的妩媚与风致,超凡脱俗!

一角坐着一个青年,服装笔挺的样子。没有吃东西,目光犀利,和麦当劳的气氛不太融洽。这使得我一进屋,就意识到了他的存在。后来他和不同的餐桌客人说话,在我近前经过时,我才发现他的脖子胳膊都是彩色纹身,衣服边缘很脏,背包边缘磨损严重。他和几个餐桌顾客讨钱,说钱包丢了,口齿略不清。后来邻桌给了10元,他连声道谢后,迅速消失了!邻桌的女士大概觉得他消失得太快了,诧异地问我:真的假的呀!我无法回答,只好微笑!

一个女孩子在温习功课,大一大二的样子,未施粉黛,却清丽雅秀,像窗外初放的白玉兰,让那些浓妆淡抹徒生无限向往。忽然来了3个男孩子,显然是一个班的,巧遇。男孩子们一看她在功课,纷纷议论,尽显才识,女孩子也若有所思……一片叽叽喳喳声里,男孩子们纵横驰骋着青春与锐意,眼睛里飘逸着快乐和狡黠。

第一次看到麦当劳员工带徒弟,教扫地和桌面清理。应该是源自国外,一套流程下来,和我们检验的标准化操作规程无分轻重。我正出神,却出了一点意外。另一个员工过来,要拿走示教的簸箕扫帚去用。两个正式员工肯定有过节,估计主管也不在,俩人竟然当着顾客、学生、同事的面,掐起来,一场小的对骂。一瞬间,中国底层的恶和丑有一个精华版浓缩呈现,算是套餐赠送、免费欣赏,让我忍俊不禁……

不经意间觉察,原来对面座位3个职业姑娘在讨论饮用水卫生标准。桌面放着那种国标(行标?)文件,里面涉及微生物学标准,所以她们的对话里提到细菌。我听到细菌名,不禁多看了一眼。对方好像有警惕,目光一下子犀利起来。我只好收目闭耳,作无关痛痒、天开云散的样子,才算了了一劫。

吃饭一小会儿,京城浮世绘。师范大学好,白吃都免费。边饱边看戏,千万别陶醉。窗外春光好,鸡毛无所谓。

好友:观人间百态,享寻常幸福;偷得一顿吃饭闲;窥尽浮世在眼前。

笔者:观人间百态,遇紫陌千寻。偷得时光一顿闲饭,窥尽浮世何处游方。

树

2016 年 3 月 30 日

窗外有树。常常,我静静地望着她。

冬天,她枯枝几伸,全无活力,仿佛死去了。我偶尔会想,生命也可以这样凝滞吗?难道仅仅是为了春天?

后来,春来了。风儿暖暖,鸟儿啾啾,春真的来了。我想,树没有失望吧!抬头望去,她仍然一动不动,仿佛没有感受到春的爱抚。

不理她了,我忙……

偶尔,忙里偷闲,抬头望去……呀!她发芽了!她就这样,静静地伸展,静静地舒缓,没有欣喜,也没有哀伤!仿佛一个画家,正在完成自己的作品。她涂绿了叶子,涂黄了新枝!庄重,静穆!她悠悠地完成了生命的焕然,勃发……她用婆娑的绿叶,告诉春天:我是大地的女儿!

后来,更温暖,夏天欲来!春姑娘有些……依依不舍!她看到了,她懂春天,她笑着对春姑娘说:我在,你永远在……

哦!我懂了!我听懂了她们的喁喁私语。不是她在等待春天。是她,是她的活力与静止,宣示着春的雍容与华丽!是她的存在与挺拔,演绎着春的永恒与深远!

晨　早

2016 年 4 月 10 日

晨早是一种奢侈，春早更是。此时同样的园子，竟然有不一样的感受。

首先是静谧。没有背景音，一切安安静静。唯一例外是鸟儿，她们知道难得，因此更珍惜这无人的片刻！叽叽喳喳，啁啁啾啾，关关叮叮，吱吱咚咚……尽情笑闹！这是大自然的语言，神秘而美丽，人类却不懂……

还有光的变化。从虚幻到明丽，从柔和到锐利，光亮从各个层次，展示时间的身姿步伐，透露四维的存在与多彩。光阴这个词真好，仿佛光和阴顽皮地做游戏，而冷落了时间。时间寂寞了，要惩罚她俩，让她们虚度……

花儿正好！十来种，仙姿临世！我不喜欢怒放，花儿不怒！也不喜欢竞彩，花儿无争！她们只是存在，盛开！枝头也好，锦地也罢，都是美！黛玉葬花，是怕被践踏污浊。如果没有足迹，黛玉自会临风静赏！花草是大自然的青春与菁华，是黛玉的知音与闺蜜！

还有清芬！正是丁香的季节。扑鼻的淡淡，芳泽的柔然。很多人不太喜欢这个味道！还好，不重，似有若无。花儿正是这样，即便牡丹国色，入目也是和美！丁香如此，只是和你调皮，你不喜欢，她就消失了。还有别的芳香，不能辨，无处寻，只好当作自然的私语！

很多外星人不喜欢蓝星。我喜欢蓝星，因为春时的绮丽，因为花木的晴芳！

绿 的 味 道

2016年5月4日

初夏时节，最妙是小雨后。真个身心舒爽，耳目聪明。最舒服的是鼻子。雨后的空气，弥漫着植物的味道，有的是花香，有的是叶芳。

叶子的味道很好，略甜，淡淡。平时不觉得，大概是雨的功劳吧。或许是洗刷了异味，或许是激发了释放。雨后园中，叶子味道竟然一下子蓊郁起来。伴随着雨后的凉爽清新，感觉无与伦比。

因为是叶子的味道，我常常觉得，这气息是绿色的。这绿色的气息扑面而来，瞬间通透了所有的毛孔。仿佛被过滤了一样，顿时觉得自己神思澄澈，生机盎然。身体仿佛干枝，头手仿佛碧叶，那一刻，足安大地，目骋寰宇，好不畅快！

应该是槐树吧，也许是别的草木。我只是享受，只是沐浴，没有去追踪。何必去寻觅呢！我纵有意，它本无心。不如两厢静赏，相与清欢！那一刻，有我有它，有天地，复何求？

很奇怪！闻花香，纵然闭目，眼前只是花，香味没有颜色。色是花的，只是花的。望空闻叶子，不见叶片，那气味却有绿的颜色。风是绿的，流是绿的。碧里雾闻，瑟中荫嗅。天地都染了春波夏蔚，味道只是纯情！

朋友，你也闻闻这绿色，调皮吧！

爱 情 箴 言

2016 年 5 月 19 日

爱情需要经验。没有经验的爱情,确实美,但特别脆弱。

爱情需要陪伴。异地早晚异梦。

爱情需要包容。得接纳他的所有缺点。

爱情的高潮是婚姻。婚姻是爱情的保证。

婚姻不是爱情的坟墓。孩子才是爱情与婚姻的坟墓。

爱情需要形式与表白,但绝不仅仅是这些……默契之后这些会弱化。

爱情是惊喜,也是日常生活。如果爱情是猪,岁月则是杀猪刀。斗得过岁月,才永恒。

爱情不崇高。俩小偷也可以爱情,比如《天下无贼》。

爱情很难得,是小概率事件。

爱情是灵与肉。个中滋味,除非是哲学家加文学家,否则自己知道,却说不出。

爱情是夏日的凉风春日的暖雨,自然,美好,躲不开,少不了!

爱情是远处的高山身边的小屋,诗意一眺,安身终老!

爱情是伴随成长。不只是成熟,而是要一生共同面对挑战。

爱情到婚姻不要太久。夜长了梦多,七年后会痒。

爱情不是人生的全部,她只是生活的一抹亮色。

爱情是自私的。博爱不是爱情。

爱情是私密的。可以自然流露其中的曼妙,但不要秀。

爱情是两个真诚的人的赤诚相对,不是战斗,不是攀比,不是计算,不是欺骗。

爱情是一条鱼,需要水和水草!

爱情是一朵花,种子是她的家。
爱情是一片云,聚散皆是缘。
爱情是你心里的小鹿,眉目牵挂着她。

因之兰意携素手
能凭溪鸟见风流

好友 刘小会 字

一任时光从身边溜走
一任千百年的历史向我纷至沓来

友：钟金柳 字

第三部分　夏的每日修

说明：到了新单位后，每天早晨地铁，有40分钟时间。于是从4月底到6月底，断续写了《夏的每日修》。选字、内容没有规律和安排，只是随意，兴之所至。有时早晨打了草稿，自己不太满意，所以发得晚一些。

食

2017年4月30日

吃饭是人生第一要务，吃货是最真实的存在。饮食男女嘛！

我于饮食无所求：果腹即可；如果能暖、软、不辣，那就很开心了。

健康要关注一下。饭店小店少去，因为地沟油普及。水果都是残留农药，所以要去皮。鸡鱼很多抗生素，最好是远离。山珍海兽是精怪，杀生猎奇更不宜。俗语：鸟为食亡。人，比鸟类自知多少呢？

我容易忙碌，会影响吃饭。别人觉得茶不思饭不想是敬业而高度专注。我则相反，是计划性差导致手忙脚乱，而忘了吃饭。以后为戒。

古语有所谓"道在屎溺"（《庄子·知北游》），够通透，但不美。我意道在饮食，平和中肯，庶几不远！一日三餐，转身即忘。道在其中，几人执象？！

有饮食文化一词，一般理解，其实，就是吃得爽了，给自己扣高帽。当然，也确实可以和文化、价值观等联系在一起。我印象最深的是孔子说"割不正不食"（《论语·乡党篇第十》），连刀切歪了，或者切的不是地方，都不食。悄悄地说，我觉得孔子有点矫情。不过，"食不言，寝不语"，我觉得有意义——有文化、习俗、生理卫生意义。和西方基督教吃饭前感谢上帝赐

予食物,是一个氛围。鲁迅先生有言:"……中国根全在道教,此说近颇广行。以此读史,有许多问题可以迎刃而解。后以偶阅《通鉴》,乃悟中国人尚是食人民族,因成此篇。"这里,"食人民族"写出了饮食与历史、文明的关系。

你吃了吗?

行

2017年5月1日

衣食住行,生活四务。行是我们的动物特质,生命状态!

于行,我最喜欢铁路。一则爸爸是电力机车工程师,我从小觉得与铁路有缘。一则公交慢,开车累,飞机摇摇欲坠……忽然想起某美女不敢坐飞机,一启动就抓邻座的手……误会了!

和食不同,行可以看出社会的进步。现代工业食品,我们一般称之为垃圾。行则变化巨大。当年曾国藩进京考试,路上旬月,真是舟马劳顿!今天即使出国,朝发夕至,可谓常事。

古语说,行万里路,可见国人把行当作学习方法,认识社会的必由。太多词汇,把行意念化了。老马识途、路径依赖、修行、行为……不胜枚举。孙悟空叫行者,韩红唱《天路》,"3·15"有质量万里行,古诗有"莫愁前路",现代诗人间正道……

还有一个词叫修行,另外有修心、修念等。修行的行指行为。行为和语言是一个人的外化,是个人内在思想、意识、主观目的的外在体现,很多是下意识的,就是我们不知不觉地逗露出来。这方面可以看行为心理学,我只知道皮毛。

各位朋友,你的生命之路如何?你的行为举止如何?

人生路漫漫,开心由己见。前方芍药居,可以下错站!节日快乐!

志

2017 年 5 月 2 日

这几天大家聊《春娇与志明》。志明这个名字，又传统，又好听。志，也正是儒家的鲜明。道家虚，佛家空，二者是逆人性的。儒家则积极入世，契合人本。而红尘志向，天地为人，也是儒家的倡导，传承了几千年。

关于志向，王健林和马云，说得很好：定个小目标，万一实现了呢！其实，不用他们说，人人都有志向。只是很多人藏在心里，不愿意说出。也有志向比 1 个亿大，看手段与机运了。

志向和爱好，交织而不同。志向是主动的有预设目的的全力争取。爱好是自然的近无目的的随性倾向。二者都是主观的，可善可恶。

我个人，相信和许多人一样。儿时、青年、中年，志向各不同。中年很好，现实与梦想都有，正是诗酒年华。古人说，诗言志。曹丞相老骥伏枥，志在千里。李清照生做人杰，死为鬼雄。我只是普通，觉得能留一点清气在乾坤，就挺好。

小时候，大家都写过作文，长大了我要做什么？当时都很激动。现在，都记得自己的作文吗？

现在大家天天鸡汤，说不忘初心。也有人问：我们的初心在哪里？其实，是在小学作文本里呀！

朋友，你志在何方？

佛

2017 年 5 月 3 日

今天浴佛节:释迦牟尼佛的诞辰!

中国是佛教大国。即便诞生地已经式微,中国依然香火鼎盛。当然,大多数同胞不是深入骨髓的信仰,只是朴素美好的愿望……发财、长寿、消灾! 不过也真有很多顶礼膜拜者!

我对佛家的很多说法、观念感兴趣。喜欢读,喜欢体会! 我也深知他过于消极的一面,但我仍会尊重他!!

遇到很多辱佛的言行! 不能接受! 佛祖慈悲,不会理会。我也只是小小心疼,然后选择忘记! 佛是什么呢? 佛是人心。辱佛,其实是侮辱古人和今人。

另一个极端是表面的尊敬,借以敛财欺心。这一条大家也要警惕,与佛无关。其实,佛教的核心是空无寂灭。由此,香火、神像、出家、持颂……都是形式。借以悟空,则是正途。因之骗人则……

浴佛节! 遥想虔敬法事,盛大庄严! 不禁念一句,阿弥陀佛!

一叹:今人依旧能浴佛,心本空尤洗什么? 慈悲普度一念远,寂灭超脱几人得?

生

2017年5月4日

昨天候至午夜,迎接一个可爱宝宝诞生!稍觉疲劳,但非常开心!生命,充满了希望!

生,在古人心目中非常崇高。《易经》说"天地大德",《老子》说"三生万物"……古人观察到了生命延续的现象,概括出了生生不息的规律,最高推崇了生的价值观,道德观!可谓国人精粹!

既然生如此伟大,伴随她的必然有痛苦彷徨。昨天产房外,两个妈妈心疼女儿儿媳,丈夫心疼妻子,我们一旁同感。生产,是生理感觉四大最疼痛之一!为了轻轻一声妈,女人得付出30年辛劳!生……多么沉重!

很意外,我竟然在生物医学领域。更神奇,我竟然做微生物!生,真如呼吸餐饮,每天伴随相与。一个美女打趣我:你们搞细菌真是变态——前一天愁眉苦脸怕人家不长,第二天人家长了……结果……把人家高压了!刻画得真是细入骨髓!不过也说明,我们多么盼望生,盼望微生!大家赞扬生的伟大,我每天追求生的微末!

提到微生物,它的生也会致病。人类在不断打压它的同时,也渐渐走入了发展误区。霍金说,我们要准备好,一百年后离开地球。离开离不开,我不知道。地球进入生态末日,恐怕难逃必然!果真这样,人类就是宇宙的罪!我们没有新生护生生生,我们覆灭了生物文明!

当然,我们也可能仅仅是上帝的一个实验品。上帝导演了一切,并在幕后,微微一笑!

今天读诗,白乐天游大林寺。"山寺桃花始盛开"……多美啊!愿桃花素素朴朴,愿人类生生世世!

青年节快乐!今天,你生了吗?

夏

2017 年 5 月 5 日

今日立夏!

立夏是初夏,春姑娘已去,花事渐老。杨万里说,只有榴花还在开放! 夏天是热烈奔放的感觉(此刻北京大雾霾),春天的躁动,孕育了夏天的繁华!

夏天意味着热。古人说炎夏,火大! 我有些苦夏,是怕热。一想到印度次大陆达 50℃,我就心惊肉跳……雾霾就雾霾吧! 凉快的雾霾,也挺好。俄罗斯有夏宫,我们有避暑山庄。可见,皇帝也拿炎热没办法,只能逃之夭夭!

说到夏,中国第一个王朝,就是夏。可见中华文明一开始就热烈奔放,到今天依然活力无限。史学界有否定夏的观点,说没有证据,史记不可信。研究界中,总有吃同一个领域的饭故将某些常识连根否定的人。我觉得有了证据再发此言,则更充分圆满。不能因为没有证据,而全盘否定! 几千年,中国人在集体大骗局? 后来有了考古发掘,也没见谁害羞,估计又说别的去了。

说到夏,还有另一个话题。《春秋》,为什么不名《夏冬》? 这显然比否定夏深刻,也好玩儿。我猜,春秋是冷热转折,命名更有意味! 而且成书时,作者认为礼崩乐坏,正是转折,而非鼎盛。另一个原因,我估计就是因为夏朝。避免误会纯粹乱想,一到节日就说吃。立夏,是吃饺子? 吃饼? 吃面? 还是吃麻辣烫?

你的夏天来了吗?

诗

2017 年 5 月 6 日

我喜欢文字。文字是文学的材料,仿佛大楼的砖瓦,文字可以堆砌各种文体。我更爱诗歌。散文,小说……我都喜欢。以前我说过,散文要形散神也散,多是空谈了。只有诗,读的同时,自己偶尔会乱涂一下,乱改一气。

有人说,现代歌曲不是诗。我很诧异,感觉不通呀。现代歌曲的词,其实都是诗!诗歌和散文、小说、说明文的区别,我感觉,是意象表达的巨大跳跃,韵律流动,而非其他。由此,一些散文与诗歌不好分,故名散文诗。

古人说诗言志。的确如此,民元之前,分析诗歌意象的第一条,就是看载志。古人诗词曲赋作用各异,今天不是了,也有纯粹娱乐的诗歌我觉得,这是回归,一直回到了《诗经》……

也有人觉得,诗歌只能唯美。他们难以接受余秀华的泣血尘泥,认为毛主席的战斗诗歌只是政治宣传……其实,有些狭隘了!这些都是诗歌,诗歌完全可以是一根枯木,一把匕首……

本想打住,正好翻到杨万里《四月中休日闻蝉》,契合此时此感。诗云:"荔枝叶底暑阴清,已有新蝉一两声。荷露柳风餐未饱,怪来学语不分明。"

最后一句跳得太猛啊,直接跳到巴布亚心肌内了。

改作:云流天色眼分明!

杨前辈包涵!

情

2017 年 5 月 7 日

问世间,情为何物?

我纳闷的却是人类为什么要进化出感情?所有的动物都没有如此深邃的美丽。马、狗有一点,只仿佛 6 岁的我们而已(不是说我闺女哦)。所以,人类好奇怪呀!

有人无情。这样活得简单、明确、直接……机器人吧!不过身边人如何,只有自己知道。

有人多情。这样活得奔放、热烈、欢乐……段正淳吧!不过身边人如何,只有自己知道。

由此可见,情和钞票一样,不多不少最好。可是,平衡点在哪里呢?爱因斯坦也为情所困,可见,比相对论难。

女人是感情动物。极端的,生活的全部乐趣,都是感情,尤其爱情。——最擅长绝对论!去看《春娇与志明》吧!当然大多数女子,还是很理性。不理性也没有关系,社会会"救"她。

感情都欢乐吗?不一定,甚至,一定不。我自己的感受,是疼!遇到知己,会心疼。遇到无奈,会疼心。去龙门,万佛残破,真不忍心看。所以,不会再去了!去安乐窝,看到红尘和合,才开心,所以,还会去!那谁……与我同去吧!

感情会永恒吗?其实,永恒是内在的。给别人看到的,只是雾里看花!别人看不到的,正是心河融融。永恒的,是彼此!永恒着,是活着!

感情是欲望吗?这个大家的感觉,太变化多端了。我觉得,感情是食材的本味,欲望是菜馔的调味。追求什么样的味道,看你自己了!

那天王老师说我饮食男女……看,男女真如饮食呢!

书

2017年5月8日

小时候不爱念书,成绩也羞于见人。后来呼啦吧啦喜欢上了,阅读一发不可收拾!成绩依然羞于见人。

书是一条载满文字的船!船票有时候不好买。十几年前,有几年压迫自己,无论古文今文,无论什么专业,入目都要读下去……结果,囫囵吞枣,糊涂吃瓜!

书是一条载满文字的船!一定驶向光明的彼岸吗?不一定。读希特勒的书,读日本右翼的书,会驶向毁灭。所以,不要迷信书!书,有时候是作者骗人的,蛊惑人心!

书是一条载满文字的船!我们不上这条船可以吗?当然可以,可以走路,如实践;可以高铁,如借人之力;可以飞机,比如命运眷顾……不过还是要上船看看,大海的风景很美!

书是一条载满文字的船!我们自己选择了航线,买了票,看到了海上日出,也经历了暴风骤雨,我们希望驶向光明的彼岸……其实,尽信书,不如无书。李敖的剪刀、钱钟书的借而不存、启功的随意相赠……都告诉我们,书只是载体,仿佛肉皮囊!

书是一条载满文字的船!如果风平浪静,无目的悠然自得,那太美了!书是消磨时光的好方法,书是放松自己的不二法门!

今天,你读书了吗?

痴

2017年5月9日

一般的感觉，痴是轻度的病态，智力障碍，神经疾患。痴呆……老年痴呆……当然现在老年痴呆不是规范名称了！不过，痴与病相连，恐怕会永远到天涯了！

痴也常常贬义。痴心妄想、痴狂无知，类似。所以，一般的语境中，这是负面评价，当然不是最重的负评，而是中等程度。被批评者闻此评价，如果能如风过目，那是很达观了！

痴也有中性的一面：即忘我的投入。比如痴心、痴迷。如果对象、过程、方式、思维健康向上，那痴迷一词，是一种很高的评价。很多大科学家，都是痴迷其事，不能自已。甚至为了痴迷心爱，放弃了平衡发展。陈景润不会说话，钱钟书不会划火柴，曹禺不会算数……我们莞尔之余，内心会深深地敬佩！

痴也可以用于感情。痴情，是正常范围内的钟情；情痴，则是超过正常了！周汝昌解读《石头记》，很偏爱痴字，认为是至情至性，是爱的升华！雪芹先生认同吗？！宝玉哥儿呢？！我觉得，雪芹不一定认同，宝玉却会特别认同！

痴言至此，大家一痴！

寿

2017年5月10日

看恽南田的花,想起了寿字。长寿是古人美好的愿望!古人说三寿:上寿,中寿,下寿!下寿多少呢?大家猜猜……古人说法不一,有60岁,有80岁。即便是60岁,在平均寿命不足40岁,人生七十古来稀的年代,也是很伟大的想法!今天,也终于就实现了!

以寿比喻年岁长久,是很自然的。我们常常说,寿比南山,其实起源是说南山之寿!一前一后,字义微妙啊!南山之寿是《诗经》里的句子。不知道作者心目中,南山几远?而孔子读了,南山何在?孔子大概会想北面的泰山——作驴友吧!

以前看到"自寿"一词,还以为是自求多福呢!后来才知道,是自保!古文含义深广,我是只能望文生义、望文生叹了!能积极进取,又能全身自保,无论军事还是人生,确实都是高手!

自恽南田(1633—1690年),恽原名格,字寿平,又字正叔,号南田。作为清六家之一,是常州画派开山祖师。他字寿平,寿平何义?号南田,是因为南山吗?他虽然画花以无骨闻名,人却很有骨气。怀名不仕,布衣终贫。年竟未满六十,也算是"人如其名"!一生抗清不遂,却以"清"六家传世!一叹!

花儿好美呀!今天,你的花儿绽放了吗?

貌

2017 年 5 月 11 日

貌是我们的心灵展示,入目的第一观感,非常重要,也非常有迷惑性。

在我短暂的经历中,遇到过奇葩。几近退休,容颜姣好,言辞清丽,顾盼神飞。可是一听内容,一分析态度……大家撞墙的心都有。不坏,就是让你不舒服,特别不舒服。所以,怎么看待第一印象呢?

一般的社会观念,都追求美丽极致。后来我却懂得一个道理,太美,会成为负担。甚至,女子太漂亮,是祸躲不过。一方面自己以此自衿,容易误判,一方面外部想要利用,容易失衡。

古人喜欢谶纬方术。别的不说,至少相面,我觉得有一定道理。最简单的,面部肢体残疾,面试录取概率会降低!相貌里隐藏着你的命运!真实例子说诸葛吗?说邵子?大家不认识。曾国藩大家总知道吧?相面高手,一眼看一生。黄炎培资助青年毛泽东,也知道吧!那天讨论中医,很多人以西医、西方科学来理解,只能是风马牛不相及了!你用科学解释相面试试?

貌,说开了是形。形包含着实,但不是实。我们日常,以貌示人,但不要以貌取人。可以貌推心,但不要以貌为心!我们要小心,貌会欺人,有时它是对方的手段!

护

2017年5月12日

护士节!

大家都道节日快乐!我愿多祝福一句:要休半天!护士在医院是一道靓丽的风景,给医院注入了和暖与温情。当初翻译,这个"护",用得好!

护字,含义一直很简单,卫护,庇护的意思。古字是言旁,今字是手边。可见照护,呵护,需要手,也需要言语!

据说丰子恺"文化大革命"时挨完欺辱批斗,回家后谈笑自若,饮茶绘画,仿佛没发生一样,也是一绝!他和弘一法师的画集,名"护生"!可见他呵护爱护之愿!他对自己生命的爱护方式,大赞!

有一个词是"护短",这个词今天是贬义。古代一开始,指不让他人的短处暴露,以示爱护,可见是中性,甚至轻度褒义。而且故事本源竟然出自孔子,一念!

护字最美的词汇,除了护士,还有护花!一片殷殷爱意饱满,几曾缕缕相依为情。花草无思,却古自《诗经》,近至雪芹,注入了多少思索寄托,多少爱怨情痴。一个护,多少痴!

因为赶上节日,所以对字飘思。她们辛苦,爱护他人。其实她们也非常需要呵护!愿护士轻松,愿众心佑护!

你爱护了吗?

念

2017年5月13日

昨天护士节！也是为了纪念南丁格尔！可能不学医都知道，她是西方医学，现代护理学的先驱！我不知道她的纯专业建树（恕我无知），和大家一样，我知道她为医学、护理注入了爱，注入了温情！她让医学，首先是爱的学！

徐老师在我帖下留言，说另是一个特别的日子！我头脑顺着"512"，马上想起了汶川！撕裂……生命……泪水……援助……多难兴邦！那次地震的另一面，我们看到了民族的团结，政府的有为，民间的崛起！可以说，它和奥运，奏响了时代的主题！

后来，从协和群纪念，我才知道，还是一个特别的日子！而徐老师的留言，也许别有意味！一叹！王老师永安！我2002年年底到协和。经历了王老师最初的阅读，最初的分子，最初的激昂……我们经历了彼此的专业"童年"！敬佩她不故弄玄虚，尊重英语和西方医学，为患者解决实际问题！早晨读了同事肖老师的帖：最好的纪念是学习！斯言大焉！赞！

人，生一念易，存一念缘，而永存一念，则为纪念！或许，我们尘埃未落定，或许，我们一过如秋岚！不过心存一念，则生活有味道，未来不空落！而我们成为别人的一念，则万分荣幸！这一念里，我们真实存在！这一念后，我们曾经有爱！

忽然想起，金庸写的穆念慈！静穆，怀念，慈安！多好的组合啊！我相信，金庸在她身上，注入了一己的寄托！他心目中的女人，不必然如此，但如此，却是必然！

初夏祥和，阳光新好！你我心缘一念，彼此长存！

蓝

2017年5月14日

一带一路高峰会,天特别蓝,点缀了几朵云,舒服惬意!

话说我对颜色不敏感,都是阅读,听说来的感受。比如说蓝色是冷色调!好,我冷!蓝色忧郁!好,我忧郁!用理性去建立感性……比较傻。

蓝除了是色彩,也是植物。比如甘蓝,甘于冷,甘于忧郁?没看出甘蓝忧郁啊!甘蓝有绿有紫,没见过蓝色。按理,应该是甘绿,甘紫才对。前者意味着甘于陪衬,后者是乐于红紫,哈哈哈哈!我爱吃甘蓝,脆的口感好,烂熟有芬芳。

蓝还是姓氏,壮族畲族多,不知道其所出。是这个族裔奉天为图腾,还是他们是海的女儿?不知道。金庸写蓝凤凰,擅毒,有义气……是以蓝喻毒吗?还是以毒喻美人?实际生活中,一位长者蓝姓,多方面高水平,佩服不已!

蓝和兰,很容易混。其实判若霄壤,一个举头万里明蓝,一个修心空谷幽兰。不过主动替换的,不在此列。看百度说有蓝姓主动改为兰。那今天,兰里必然有蓝,认识一个美女姓兰,改日见到,问问她忧郁吗!

大海是蓝色的!一望无际,一片澄蓝。海鸥在飞,海风在吹,鱼儿自由,船儿忘归!多美啊!如果阳光晴和一些,海面平静一些,那简直是梦幻蓝,简直会融化了!小时候没见过海,直到见了,暗想有一天,海边度余生吧!正是,归途何处?心依海天!

天也是蓝色。大自然就是这么简单……蓝天,碧海,黄土,绿野,橙阳,黑夜!大自然只把多姿多彩赋予了花儿,她留给背景的,大气却单纯,幽远而简洁!入学了才知道,原来蓝天是一种视觉,并没有蓝天的物质实物。原来万姓仰头只为空,脉然所念竟是无!我佛,你在哪里?

今天,你甘蓝吗?

来

2017 年 5 月 15 日

最常用的汉字是什么？应该是"的"。其次是什么？其次是"来"吧！看，她已经走来！来，最常用于到来，归来，往来……即出现了，发生了。

汉语的神奇在于，字有时包括基本含义的反面。易，有不易的意思。来，有未来的内涵。我是急脾气，生活让我慢下来，于是我懂得了一个规律，来日方长！将来，意味着希望，意味着变化改善，意味着要从容今日。

搜索了一下，惊讶地发现，"归去来兮"中的来，不是归来，竟然是语气词。哦！天啊！是我遇到了假度娘，还是大家也在擦眼镜？归去，归来，多么贴切啊！有去桃花源的高铁吗？我要去和陶潜喝酒……他喝高了，一定会欢迎我的到来！

百度里，来的基本释义多达 13 项，详细释义 30 多项。汉语着实细密繁复，不是随意想象可知。"二百来头猪""一来如何，二来如何""二月里来是新春""刚才奶奶和袭人姐姐怎么嘱咐来"……朋友，你来分别一下。

来的最初含义，甲骨文，是麦。"贻我来牟"，以前阅读时知道。这个含义现在不用了。社会发展就是这样，你不知道会丢掉什么。这么富于希望、富于小康的含义，竟然不再用了！是变为隐喻了吗？你来了，意味着你丰收归来了？"来了，来了！"是饮食男女的口语表达？语言学有意思。

来，就是这样充满即时的愉悦与圆融。

吾已来兮，君其往乎？

病

2017年5月16日

近日连续获悉好友和家属患疾,不禁默然。生老病死,人永远无法规避!一叹!

人类不知因何而生,故假名女娲羲皇!人类不知因何而病……连假名都没有……已经习惯了!即使科技医学如此发达,今天依然,所有的人,都是或曾经是患者!而如果按照国际的定义,恐怕真正完全健康的人,罕有。大家有感吗?重大疾病面前,唯一的感觉,活着就好!

阴差阳错学了医学,逐渐地我的疾病观和家人有了不同。近视啊,感冒啊这些,我视如正常,无非习惯,或暂时。感冒是自限性疾病!休息,睡觉,喝水!不学医,会觉得真冷漠。而癌症晚期啊,白血病复发啊,我也视若必然。安静接受,可以是一种选择。当然这是我对自己的定义,与旁人无关。而所遇者天翻地覆,我也完全理解,虽不同病也相知心。

之所以如此,是因为知道死亡的必然,医学的有限。其实,医学能处理好的大病,着实不多。以前听一个呼吸大牛调侃,除了肺炎,呼吸科专家能根治什么呢?真是这样!!只能缓解一时罢了!不要期望太高。医学每天都在进步,大家不适,我也鼓励尽早就医,只是心态平和一点,生死超脱一点,预期现实一点。

无病一直是古人的梦,甚至直名,霍去病、李无疾……可见疾病一直是人类的心结。一本书,叫《病夫治国》,其实人类历史,就是疾病的历史,疾病作用下的历史。当然也要看到,从平均寿命不到40岁,到今天逾70岁,多么大的进步!确实,我们对疾病有了一点点自信。消灭天花,消灭疟疾,消灭……期待未来!

个体会生病,群体也会,有时还是大病。昨天看李不太白的帖,分析美国的童年,提到了好几个集体发病,也是大观。身处其中,清醒者不能远离,是最痛苦的事。或者被害,或者害人……真是炼狱。那天提到两位作家……正是悲剧!一哭!

病,不知所来,不知所往。人,可以接受,可以搏斗。心,或者淡然,或者悲欢。病……病而已!

别来无恙!

行

2017年5月17日

特别的日子,写一下行:修行!

行,行走,行为,运行,心行……表达一个过程,可以由此及彼,也可以无始无终,着眼于中间一段。所以,行是动态的,是交替的,是继续的,是延伸的。《周易》始于乾,开篇即"天行健"。所以,衣食住行中,行有形而上的哲学味道。而住,相反。

行首先是我们走路。古语说"始于足下",这是行的起点。李白说"蜀道难",这是过程。杜甫说"一览众山小",这是结果。行连接着起点和目的,必由之路!

引申出来,行是行为。我们的一举一动,一来一往,无不体现出我们的想法,透露出我们的精神。所以,行为与思想是互相观照,互相投射的。当然还是不同。良好的法治体系,行为犯罪,思想不犯罪,是最好例证。常常说,观其行,就是看一下他的行事、作为、风格。

行,自然也是心理过程,并且由过程,直接等同于本质。佛家说修行,外在是出家、持颂、行走、打坐,内在都是为了心。所以,修行就是修心。儒家也一样。张中行的文字炉火纯青,他名中行,就是持中允和、中庸无偏的观念。

行有大小。我们说吕端大事不糊涂,说大行不顾细谨,都是这样意思。每个人每天都是24小时,10年下来,收获的差别很大,行为效果很不同,都是大小作祟。路有远近,行有高低,思有深浅……当然这只是客观描述,不是说近低浅一定不好。高大上是我们所需,反之也是。浅酌低唱,近月擎苍,也是一种境界。唐很好,宋别样好!

悟空名行者,其实我们每个人都是行者,都是行脚僧人。我们每日生活工作,刻画自己的心性形骸,都是修行。行字从人,可知行本就是我们。

今天,你行吗?

推

2017年5月18日

  推是一个动作。闭门推开窗前月：向前打开，而非向后拉开，这样子。每天我们都要这样做很多次，不知不觉！

  推脱是延伸含义了。有人曾问李鸿章为官之道。李笑了，回答"推脱"二字。当然这是调侃，李也是锐意进取，权柄山河，不过也说出了大家见过的官场常态。其实，不只是官场，但凡权力没有监督，都会推脱。

  推己是另一层了。看到一个现象一个规律，自己设身处地，推己及人。这是一种换位思考。换位思考是一种能力，是思维多样化的起点，是避免僵化、扩展见识的路径。我喜欢这样的人，默契的时候，语言可以无谓。

  我不懂军事，不过爱看，然后瞎起哄，特别喜欢兵棋推演。有一种运筹帷幄、寰宇在握的赶脚。爽！此时推演，就是预试验的意思。当然推演也有广告、威慑作用，所以要勘破。某国老推演夺岛训练，让他们推吧……推了半天，四岛也仍是美国的殖民地。

  推敲显然是高手斟酌了。公元800年，贾岛骑驴乱闯，当然不会想到，他不是在推敲好友门扉，他是在推敲有唐之后诗歌的大门啊！启功说，唐诗是嚷出来的，唐后是仿出来的。如何仿，推敲而已！其实，回到本事，一方面可以纪实一点儿，另一方面可以唯美。贾岛本质是陷入了选择困境，写实与唯美的困境。这自然不是他一个人的难题了。而韩愈独辟蹊径，以礼貌点醒，一方面韩是儒家，不像贾岛出家；另一方面韩古文为宗万载，诗却非上擅。换个思路，一目了然。想想贾岛在唐朝做和尚，也不是十分敬业。违背规定出城，顶撞仪仗进城，忘却事实推敲，不做和尚高考……这个和尚真爽。他作诗苦吟，做和尚，却是跳出佛律外，云游红尘里，自由行的便是。

各位早安,你该推被起床,推门上班了。

如果不愿意,那就推背乱想,推敲胡思吧!没准儿千年以后,我会在胖圈推你。

满

2017 年 5 月 21 日

记得以前猜谜语："水边两株草，打一个字。"哎呀，抓耳挠腮！我喜欢谜语，偶尔会编着玩儿，不过不擅长，思维艰涩。到底也没有猜出。

今日小满！

满，最开始是看到水满了，溢出来。小满，是说小麦饱盈，充满了浆液，不过麦粒还未成形。多美好的写实啊，流动，饱满！多美好的希望，夏天的感觉！

引申义是圆满，丰满。这是一种圆融、和美的状态。形容事情，恰到好处，即圆满；形容身材……时尚是瘦，大家觉得丰满不好。其实，在饥饿的年代，这是很美好的期望和祝福。今天，也不同人感受不同。我就不觉得瘦模特好看。

传统观念，忌讳志得意满，怕满招损。我非常赞同。此时，满是内在的自满，外在的自大，对他人是一种凌驾。架空了，就摔倒了！很危险！所以，千万不能自满！切！切！我对谦受益却不完全赞同，不要为了受益而谦。谦应该是内在的状态，和益不益无关。无实际利益也应该谦虚谨慎。这是一种本色和基调。当然，满与谦，别人理解的不一定是主体表现的。有理解满为魅力，是征服，谦是软弱，是无骨……随他吧！世界很奇妙。

满是民族。不论大家对清朝多么诋毁，我首先是肯定。拓展疆土，传承儒家，注入活力……应该记得这些。当然，清初屠戮，乾隆文网，晚清萎靡，也是事实。我想弱弱地提醒，汉族自己不也一样嘛！

满，是姓氏。认识满大哥，一想起来就充满了实在与愉快！觉得人如其姓！温润圆满！

纯

2017 年 5 月 23 日

这自然是常用字了,天天得读。

纯首先是客观的,形容物质。比如纯色。自然的颜色大多斑驳陆离,纯杂不一,所以,遇到无云的纯蓝天色,我们会惊讶其美;无瑕的纯红花儿,我们会惊讶其艳。而大多数的纯色,自然是没有的,只是我们的想象。

物质也有纯的,比如纯金。大家辛苦昨天,昏昏贪睡!赶快醒来呀,纯金哎!发财了!成色单一的金属,是纯金属。不过我们也都知道,即使 0.9999,也不是 100%。所以,纯,永远是相对的。由此衍生词是纯度,对纯的相对性的数字衡量。

上面可知,纯虽然用以形容客观,但却是主体感受,是主观的。而纯本身,更把触角伸回了主体之内,形容主观,比如纯心。

纯用在主观,要么是一种表达,山盟海誓;要么是一种期许,对人对己;要么是一种判断,比如感情纯不纯?很多人都在纠结,或者纠结过感情的纯粹。其实,这既没有标准,也没有客观判断方法。所以,大约永远会纠结下去。有观念说,可以试呀!拿人拿钱,去试吧。这要看谁试,试谁。我觉得,大多数试验会失败,或者,陷入更加迷惑的境地。人是机会动物,禁不起试。人是撒谎动物,会互相试。更何况,试验感情,反过来会影响既有的感情,会弄巧成拙。

用纯来期许感情,于己必有夸大,于人必然多疑。我们先具体一下,这里纯指考量彼此关系,包括爱情,完全不考虑金钱、背景、经历、家庭,以为这样一考虑,就不纯了。其实,感情都多少需要一点儿物质基础。爱情婚姻,几十年生死与共,物质基础不但必需,而且重要性会放大。不考虑,恐怕感情长久不了。我觉得,适度掺杂一点"不纯",感情才能长久;有了"不纯"调剂单调,感情才会柔韧。比如合金,一点掺入就会增加强度、韧性。比如山泉,一点儿离子,就远比蒸馏水有味道。

纯也可以用于社会群体，比如纯粹的制度。俗语谓水至清则无鱼。真是纯，却也生机全无了。

由此，无论物质还是精神，没有百分百的纯。不纯是永恒的。我们对纯的要求，也一定要控制在一定限度内。过分地甚至纯粹地追求纯，最后得到的，恐怕只能是空。只有空，才是唯一的真纯。

今天，你纯吗？

巧

2017 年 5 月 25 日

昨晚一个老师提到一个话题。特别巧,今早就读到了一个相关的帖。好开心啊!赶早不如赶巧!人总有想法,实现过程中,某一个要素的出现时间、地点、方式作用正合适,我们谓之巧。这是可遇不可求的事情!于小,你会很舒服爽,于大,你会觉得命运真奇妙!

巧的本义是技艺精妙。现在的网红是匠,工匠精神的境界就是精密高巧。我们感叹日本人感叹德国人,其实中国人从来都有大工匠,心灵手巧。与其羡慕旁人,不如想想,怎么样才能让我们自己的工匠在社会上有地位,怎么样鼓舞他们去精益求精。

巧可以用在名字里。巧巧,多好听的名字啊!女孩子叫娟巧、妙巧、眉巧,男孩子叫巧天、巧朴、巧恒……哎呀!不太会起名字。想起了刘巧珍,心灵手巧,珍惜感情。路遥显然把她当作美好的化身,来描述女子的美妙与痴情,进一步反衬男子的寡意与虚荣。路遥本来想说,让男人去死吧!结果巧珍把他拦下了……巧珍已经把心里的爱给神圣化了,不论这个男人多么不可救药。还有张爱玲妹妹,张爱巧!

巧极必反。巧也有佻巧、虚巧、缪巧、巧言令色的意思,机心太重。所有人都有想法,都有心里的衡量,这是正常。不过计算太多,步步机心,就不好了。正常看,顾此失彼,因小失大。谶纬看,伤阴克福,人神共厌。《石头记》里的凤哥儿,就是如此。雪芹说,反算了卿卿性命!正是大音稀声,大巧是拙!

今天,你会巧遇哦!

读

2017年5月26日

昨天说悦读,开心地阅读!我是初中二年级开始主动阅读的。一开始没有什么原因,自然而然,后来是中考推动着,高中意识到自己喜欢,也读了一些小说,大学漫长,业余时间很多,视野也不再是小说。毕业了,有一段时间专门看经济文章。

我对现实有焦虑感,阅读主要是两方面,一是寻找答案,二是放松,乃至逃避。我算是轻量级的"问题儿童",不过没有折磨大人旁人,而是折磨自己。遇到问题,喜欢甚至强迫症似的要去找答案。有时候很苦恼,有时候豁然贯通,有时候躲进小楼,有时候指点关河。

人都是不完美的。通过阅读、写作,我们重塑了自己。我们把阅读的对象,化作自身纵横驰骋,化作敌人口诛笔伐,化作爱人痴愿迷梦,化作大千爱恨情仇。阅读使我们丰富,圆融,饱满,美丽。

当然,阅读不能代替实践,阅读也并不高尚。阅读只是人生的种种经历之一。阅读对不同人的价值不一样。于我,是必需的,和吃饭呼吸同属。我读故我在!

广义阅读还包括听,比如听广播听评书;包括视,看电视剧看电影;包括游,观景色历往来;包括聊,促膝谈酒酣唱。有益处,有开心,都可以。你的阅读你做主。

当然,小心骗子。书,有时候是骗人的,所谓尽信如无。我们要做阅读的小主,而非阅读的奴仆。我们也不要写书、讲课去骗人。看到江湖骗子著书欺凌,信口蛊惑,我真为读者听者捏一把汗。书市有风险,入市须谨慎。

今天,你读谁呢?

第三部分 夏的每日修

女

2017年5月27日

这几天关于杨先生的帖,再一次启动了女性的话题。说来难以相信,就是仅仅男女两种性别,就把世界演绎的如此丰富多彩……太奇妙了!阴阳学说是《易经》之前就有。这是对男女的最古朴,也是臻永恒的概括。后来的围棋、中医,都是一个思路,黑白,正反,东西,对错……中国的对称美学,不是空幻,而是有着深邃的哲学基础和坚固的现实凝练的。

女性与男性,貌似大同小异——生物学上,确实99%都是相同;但心理、行为、价值层面,这个异简直太大了。男女之别,判若云泥。老外的经典比喻,一个金星,一个土星!端的如此。换作雪芹的说法,女儿是清水做的,男儿是泥土做的。至于水泥做成啥……大家自己想象!……水泥做成宝宝呗!

对杨先生,大家爱说她是最才的女子、最贤的妻。这也是对女人,对人的普遍期望。有才华,这是广义的,包括了体育好,擅长动手操作。品贤良,这是道德和价值的,包括忠诚、善良、淑婉、贤惠……大家期待吗?会这样自我塑造吗?果然如此期望,善莫大焉。果然如此行为,美莫过焉。

那天女儿看《摔跤吧,爸爸!》,妈妈和我说印度女性的悲哀。确实是,今天印度、日韩、越南这些地方,对女性的压抑仍然很大。中国却大大不同,得感谢我们党,在没有全国政权、没有《宪法》的时候,先颁布了《土地法》和妇女保护法律。中国女性岂止是半边天,另一半也是她们的!女神啊!

其实一个小女人,不需要那么多,有爱,有安全,就美美哒!每一个小女人,哪怕八十岁,其实都是"小萝莉"在自己的一方小天地,安静的,开心的,滋润的,灵动的生活。红尘存在吗?江湖呢?庙堂呢?都可以消失!

"萝莉"的天空,只有繁星明月!"萝莉"的大地,只有花朵清新!每一个女人心里,都有一个"萝莉"吗?

所以,八千年历史烟尘,没有女人,女人自在水一方,不屑争芳。前天和大家悦读,提到《石头记》绝不仅是文学成就。《石头记》发现了女人,这个是它永恒的社会学意义、永远的历史价值。女人多幸福啊!半部《石头记》,其实是女子的最佳传记!

孝

2017年5月28日

昨晚看《幸福夫妻，多少有一点六亲不认》，写父母对子女婚姻的干预和破坏，有一点悲哀……想到了孝字。

这个字太古老了，甲骨文就有。上面是老，下面是子，形象是子女搀扶老者，表示晚辈对父母长者的尊敬顺承。这个本义很好。人是什么？人是社会关系的集中与主动。孝，体现了上古时代中华的长幼关系。所以，这个字有哲学意味，有社会含义。

儒家一开始并没有主导，也是从古义进行衍生。老子说"绝仁弃义，民复孝慈"。孔子说仁说孝。俩人在孝的层面是一致的。这说明，孝还是古义，没有被极端，被歪曲。按照李零的说法，《道德经》晚于孔子儒说，而且针锋相对。所以如果孔子改变了孝，老子不会不察。

董仲舒以后，孝被儒家夸大，给极端化、异化了。加上统治者的别有用心，以孝贯忠，制度强化，无所不及……于是两千年以下，孝成了杀人工具，君要臣死，父要子亡，都以"孝"为名。毛主席说政权、族权、神权、夫权，孝，成了族权的核心。

我的本家阿宝，写了《弘扬传统文化，没那么简单》，提到了24孝。我觉得亲尝汤药，是可以推广的，卖身葬父，卧冰求鲤，就极端了。某个人做了，大家可以赞，但不能推广，推广就是起高调了。等到了埋儿奉母呢，就完全变态了。这种思维已经彻底违背天理伦常了。所以，弘扬传统没错，但要看具体弘扬什么。

一转眼，现代社会了。人人平等是社会根本，再提倡带有明显等级色彩、完全工具异化的古代观念，显然不妥。我个人观念，应该把孝，改变为

长幼间"平等尊重,互相帮护"为妥。孝这个字,经过几千年的异化,应该淡出历史的舞台了。

　　社会,应该向前发展！我们,要向前看！

棋

2017 年 5 月 29 日

昨天最大的新闻，无疑是柯洁与阿老师的围棋对弈了。

阿老师胜出，这没有任何悬念。阿老师背后，是人类已经计算机化的智慧能力——人工智能 AI。所以，柯洁是输给了人类。有比较说柯洁是天赋，AI 是人赋。其实，人赋就是无数的天赋，甚至是超天赋集合。

我惊讶的是三点。一是柯洁泪流现场。之前阿老师的战绩已经天下皆知。我相信柯洁应战前，应该已经能预期到结果。那柯洁的泪水，只能理解为对自己的苛责。太敬业，太投入了！当然，也可以笑着面对。毕竟，胜天半子，只是传说。

二是 alpha 狗不再进行围棋探索。这太意外了！我觉得应该再进行人机对弈 100 盘，自己左右互搏 100 盘，这样才能充分展示围棋的潜力。于围棋，这是有益于发展的！

三是马云反对围棋 AI 的观点。他觉得人机大战剥夺了围棋的乐趣。如果没有他内在目的的话，这个表态应该是外行了。事实上，不但没有剥夺，而且极大地激发了乐趣。目前阿老师的一些下法，是人类没有想过的。这无论对于超一流选手，还是对新手，都具有极大的吸引力。阿的出现，类似于吴清源横空出世！完全可以预期，阿的存在，让人类围棋整体升级了！我们迎来了人工智能时代的围棋天地。

棋，即碁，一般专指围棋。围棋是中华周易思维的衍生品，变化巨大，潜质无限，魅力永恒！说来惭愧，我到高中才知道围棋，大学才目睹对弈。老大、二哥、几个师兄弟，都喜欢。我则喜欢看。围棋……太需要天赋和汗水了！

给柯洁点赞！中国丽水，是他的美丽家乡！
给围棋点赞！天地广阔，是她的吞吐涵容！
今天，你下围棋了吗？

粽

2017 年 5 月 30 日

伟大祖国的饮食文化还真是国粹。一个粽子里面有历史、有思想、有高义、有怀念！让我们吃得舒服，忆得深刻！

屈原以牺牲求得内心安宁，正是慷慨赴死。这种不怕牺牲、执着到底精神，是几千年中国人的价值食粮。我觉得死只是一个选择，志才是他的核心。为了志向，可以牺牲一切。反之，为了志，也完全可以活下去。鲁迅讲韧性的战斗呀。比如，屈原也可以组织游击队，与秦国斗争到底！这样做了，毛主席也会拱手相让！

这里其实还有一个千百年的价值命题。如何忠？如何评价忠？这在剧烈变革的时代，是士大夫、仁人志士必需的生死面对。而屈原给出的答案是，以死尽忠。我想，每年一节，吃完粽子，系上五色，也可以设身处地思考一下！

我一直深刻印象的是，二千年前人们投粽入水，让屈原大夫尸骨完整，这个情节……二千年前啊，粮食何等珍贵！即便是传说，这里依然蕴含着民间对庙堂的希望，对壮士的尊重。其实，这种希望应该寄予希望，这种尊重应该得到尊重。否则，就空无了！人类无存！

节日里，一片祥和！必然千种情思、万般怀想。朋友想起了林花谢了春红句，我觉得略有伤感。遂按身边此时此境，改作了一首：

榴花正是金红，绿意重。

端午清凉静雨，遣心浓。

歆然对，怡然偎，悠然同。

任是天行夏远，履从容。

这是词，《相见欢》。

还是要振作精神,开心健行！食,是为了品;悲,是为了壮！化作动力,慷慨前缘！

正是端午！各位佳节馨好！万水千山,今日,粽香盈怀！

笑

2017 年 5 月 31 日

每天，你都会笑着醒来。无论多么苦悲，笑了，也就过去了！笑，是我们的表情，人类的表情！如果让我向外太空发送人类信息，我一定会发出一个笑脸！

无论古人的七情，还是今人的喜惧之说，欢乐，喜悦，笑，都是其中必有。想一想，每天为了什么活着呢？有的人物质，有的人精神，有的为自己，有的爱奉献……看似庞杂，其实，都是为了自己的一笑。

尘世难逢开口笑！笑，说着容易，不过有时候，在红尘、江湖、高庙、人世、家中、旷野……却很难。纵然没有敌我，生活的种种磨难，也会让你笑不出来，所以，笑难能可贵！

以前统计GDP，后来统计幸福指数，我觉得都弄复杂了。统计一下芸芸你我，一天笑几次，就够了！微信每天记录步子数，看大家健康运动。下一步记录微笑数。特别简单，在腮帮子里塞一块芯片，你的语言、微笑、生理、食物……全有了！

笑，有时候是一种素质。对陌生人微笑，是友好；对敌人大笑，是自信；对苦难嘲笑，是坚韧；对自己的不足冷笑，是决心！笑，不过竹之夭夭！其实，笑定义了你我的存在。

一直记得小时候听刘兰芳评书，有"气死兀术，笑死牛皋"的桥段。肯定是口口传说中编的，但却真实，艺术的真实。人的大悲大喜，会有生命之虞！尽管如此，遇到开心的事情，还是要笑出来，大笑出来！所谓人生得意是也。

另外，也记得我们恢复在联合国的席位时，乔老爷的大笑。那一笑，对祖国的新貌的自信、过往的胜利、未来新的启程与开怀，一洒环球！时代不

同了！世界开始了新版"三国演义"！

　　我自己,后来懂得了一个道理:笑,要主动。生活真是三十年河东……当我们在此岸时,种种烦恼……苦吗？死亡吗？泪流满面吗？怨天尤人吗？……意义不大！悲哀之后,大可一笑！也应该一笑！或小心一笑,更自然一笑！别急,春夏秋冬,秩序井然。那一年,我年方二八！

　　上班路上,你悄悄笑了吗？

儿

2017年6月1日

儿童节！我们其实永远都没有长大。所以，儿童节，是我们大家的节日！

我，对孩子的体会，不到10年。"要，还是不要宝宝，这是一个问题"，等到决定要了，才发现，意外的、不可预计的、突发的，太多了，而且，没有回头箭。宝宝简直就是一次探险！就是一个奇迹！

有了宝宝，感到了责任。之前没想过钱啊、三十年啊、教育啊、蜀道难啊这些……当年对自己，真没想那么多。有了宝宝，却停不下来思考，甚至有了担忧。可以说，宝宝让我深刻，让我远见！

宝宝给我最大的快乐，是伴随成长。我自己的童年早丢了，是宝宝，让我找到了，重温了，审视了童年！想要理解成年，必须理解童年！童年，是我们所谓的成熟的观照，是我们中晚年的底色！

宝宝也会毁家。我的名言，婚姻不是爱情的坟墓，孩子才是。轻，没有了二人世界。本来以为爱情只是卿我。后来才知道，永远有"第三者"。重，孩子是大家庭的核心，爱的焦点。连街头大妈，都对我不给孩子穿袜子，而大加责罚，何况爷娘姑舅！知道了太多的因为孩子而崩溃的故事，悲剧！

说到孩子，自然会想起"最喜小儿无赖，溪头卧剥莲蓬"，也自然会记起"阿舒年十六，懒惰故无匹"。会记起曾傅的家书，会记起鲁迅肩起闸门……儿孩，是我们的归宿和情怀。当然，也要知道孔雀东南飞，也要知道不久前的带双子跳楼……儿孩，也是我们的罪孽和深渊！该当如何？棒喝之后，天心自然！

瘾

2017年6月2日

一个好友对英语听读上瘾,痴迷!我常常打趣他。

瘾,从病从隐。瘾是一种爱好,一种深挚的依赖,已经到了不离不弃,成为肉体或精神的痴恋。比如李清照把玩字画,痴心。比如鲁迅搜集汉瓦拓片,上瘾。瘾有时特指不良嗜好,烟瘾酒瘾网瘾毒瘾……看,没有一样是好的。这是从病。

和瘾最相似的,是癖,是痴。看,都是一个特点。俗语说,人无癖,不可交。古诗说,人生自是有情痴。瘾也是。人生总要有个寄托。纵情山水,枕迷音画,不离诗书,痴爱器玩……都是安心之处。

瘾往往是自己销魂,与一般的环境、外界关联不大。所以,从隐,就是有了一个单独的甚至无他的世界,浸淫其间,自得其乐。瘾,大多数也与功利无关,就是本质的喜欢,不是为了名誉,为了钱。当然也有赚钱上瘾,数钱开心的,这自当别论

我只对一二事上瘾,喜欢书……闲下来,唯一想去的,是书店、图书馆。唯一想做的,是欣赏、浸入。那天做梦,和一个好友去买书,历尽山水始得到,及其入手已忘身。梦,很有意思。

一转身,告别初夏的五月,迎来火热的六月,柳荫绿水,心静气和,修身养志,可以读书。我想,爱书的人很多,为之成瘾的人也不少,吾道不孤矣!

书中没有黄金屋,书中更无颜如玉。书中,只有自己与知音……皈依的,隐去的,彼岸的!

今天,你戒了痴瘾吧!

考

2017年6月8日

这两天高考！

忙活十几年，就在这两天，仿佛最重要，其实一般般！很多高考不理想的学子，最后却做得更好，人生更饱满！可见，高考不过尔尔！看得太重，要小心失衡！

于是想起了范进中举，想起了孔乙己，想起了……这些都是因夸大考试而心理畸形的笑话。现实中也遇到过：博士硕士，却素质低劣；学霸学神，竟常识全无！虽然个例，但考试考得失去人性，学习学得毫无生趣，可见极端！

人类最伟大的认识论，是比较。人类最可怕的价值观，也是因为比较。所谓人比人得死！而考试，是比较的手段与途径。考试把人分成三六九等，最终不平等。考试把人束缚住，从而不自由。考试必然有淘汰，到底伤博爱。考试，多少泪水因之东流，多少人生由此异路！

那么，可以淘汰考试吗？理性告诉我们，不可以。在人类没有更好的方式分配资源，遴选人才之前，考试自然必须。我们需要避免的，是考试的极端化！

所以，极致的高手，不仅仅擅长考试。真正的伯乐，绝不是只有赛马。考试，只是人生的一点点！古代有一个故事，叫田忌赛马。赛，只是表面，后面的智慧与启发，才是沧桑与恒久！

考的本义，是父亲逝去。今日高考，更不知道累倒多少父母。考，真是古今一叹啊！宁曰：跳出考试，才能考得好！远离考试，才能不受伤。藐视考试，才能看得远。重视考试，只是一瞬间！

今天，去烤串吧！

花

2017年6月9日

　　昨晚晚归,坐公交百无聊赖,困意迭起。忽然上来一对帅哥,一个手捧一大束红鲜绿秀,顿时香清四溢,随车行流芳婉转,枯燥的夜风也变得"耐人寻味",好不畅快!

　　花儿,真是奇妙的存在。我相信,人类最美丽的两次邂逅,就是抬头看到了浩瀚星空,俯首凝眸了花儿朵朵!有花为伴,人类好舒爽,福臻极!

　　如果没有花儿,人类会很寂寞。《诗经》说"颜如舜华",屈原则喜欢香草自喻。王尔德说,第一个以花比喻人的,是天才。《圣经》提到夏娃吃了苹果,如果我来执笔,一定会写夏娃闻到了浓郁芬芳……这样才浪漫哦!曹雪芹的芹,红楼梦的红,林黛玉的葬吟,贾宝玉的侍儿……都是花。没有花,不说其他,人类文学怕就要崩坍了!

　　我不懂人类为什么有情,却可以理解自然为什么有花儿。进化与竞争,让花儿越加香艳,臻于至美。草木无意美丽,却自然而成美丽。大地不必芬芳,却孕育而生芬芳。生命神奇吧!我相信,生命鲜妍是大自然最后的秘密!

　　前年热播《花千骨》,一时间紫陌花容失色,巷尾落红无数。不要说内容和明星,就是花千骨三个字,我已倾倒,亏作者想得出!以花儿之弱骨柔风,纵然千番万缕,又岂能改写红尘。结局自然可知。

　　如果以"花千骨"作对,我自然想起"妖无格"下。只是笔墨而已,供大家一莞!牡丹芍药,都是我的菜!岂因牡丹高贵而格外青睐,不为芍药无格而故施白眼,俱是造化高手一展恩赐,自然举案齐眉千年终老!

　　昨天遇到单位一个阿姨,嘻哈点评我的每日修。今天碰巧写花儿,正好献给她!她有一个别致的名字——又黑了!耶!我又要被她黑了!

梦

2017年6月10日

梦,是神奇的现象。我们的联想、抱负、经历、委曲,甚至迷惑、痴狂、疯癫、欲望,都逃不过梦的眼睛!我梦故我在!

比如,梦中是否落雨,

一片云,在寻找故乡,

故乡的栀子花开,小桥流水潺湲。

梦中是否流云,

芭蕉飘动,雨意滴答入耳,

入耳的缱绻羞涩,那一刻,天地无边。

梦中是否流连,

心儿依依,万里风帆,

海上的明月荏苒,波光绵绵。

……

你是否读出了欲望?

再如,

梦中是否有雾,

那是一片云,迷了路,

梦中一时无风,

我心依然,明月东滢,

梦中的天地你我,

我为何来,你因何度,

梦里分明无梦,

花开处,燕子依稀树,

……

你是否读出了惆怅?

又如,

一个喜欢雨的女孩儿,

雨天,好入眠,

一个喜欢梦的女子,

梦外,看花开,

梦中的雨,滴滴答答的,顽皮寂寥,

雨外的梦,安安静静的,绮艳空明,

什么时候,这雨……这梦……

什么时候,此心……此情……

……

你是否读出了思量?

如果你读出了欲望、惆怅、思量,那你读的是诗,是文字。如果你没有读出这些,却深深地沉浸其中,那你体会到的,就是梦澜,是梦婉。

梦就像空气,离不开却抓不到。梦就像蓝天,望得见却够不着。常常说,梦中情人……其实梦,就是我们的情人!偶尔说,美梦成真……其实梦,就是我们的美真。

周末!无梦醒来!些许惆怅,一点思量!有个梦伴随,就完美了!就像羊肉汤,几片葱花,特别美!就像鱼头,一点醋意,自然鲜!人到中年,已经梦无多!

今天,你白日梦吗?

忘

2017年6月11日

人的诸多能力中,遗忘让人哭笑不得。

遗忘是一种能力吗?我的观念里,是的。我们经历种种苦难,各样悲哀,很多是需要忘记的。否则,我们会抑郁,会被压垮。每一天清晨,小孩子的微笑都特别纯粹!为什么?因为昨日忧伤早已忘记。美籍华人张纯如美女为什么自杀?就是看了日本人的种种暴行(尤其是对女士)记录,难以忘怀,只好以死解脱,成为日本法西斯最后的杀戮受害!所以,我们需要遗忘,遗忘是一种超级能力!

当然,说哭笑不得,是因为美好、经验、怀念……这些也会忘记!我们生活的目的,是为了欢乐,为了幸福。我们记忆中的美好时光,是我们的永恒快感。可惜,岁月"杀猪刀",遗忘静悄悄。不知不觉,我们丢失了很多细节。那一颦一蹙,那顾盼神飞,那风光旖旎,那关山飞度……多么美妙豪壮!遗憾的是,也会忘记……终于,一干二净!

我自己,记忆力超级差。我苦恼了很久。后来,我终于学会了和平相处。比如看书,只记得自己看过,内容却一片空白。哎呀!好事情啊!马上再看,又会有新的体会。耶!如果上一遍做了笔记,两次一合并,哎呀!精彩纷呈,彼此激发。不经意间,我竟然练成了左右互搏大法!

记得一次聊天,我竟然不记得去年和对方说过什么。感慨之余,不禁莞尔!写了下面句子:

也许,有一天,
我忘记了我们所有的,语言,
请你原谅我,
我们依然在彼此的,心间,

我只是想忘记,这个世界……

我只是要飞跃,那座峰巅!

无论世界多么不好,学会忘记吧!让自己开心起来,才是一切。无论红尘多么不美,试着淡然些!让自己美丽起来,才是生活!而且……我们由此而长大!

遗忘,是永葆青春的秘诀!也是成熟洒脱的必由!

今天,你忘怀了吗?

月

2017 年 6 月 14 日

月亮,太奇妙了!作为地球的伴侣……静静陪伴,我们无从得知,还要陪伴多久,我们更是混沌。她就这样脉脉而默默地陪伴着我们!我们意气风发,阳光明媚,不会记起她,她不存在!我们黯然伤神,四顾茫然,她给了我们光明与指引!她就这样反射着太阳的光辉,甘于做容易被我们遗忘的"灯泡"!

月有阴晴圆缺,大海伴随着潮汐有致,女人伴随着经历环往。你不觉得更加奇妙吗?有的科学家说,人类源自外星系。我的观念,根本不是这么回事儿呀!女人,分明是日月的产物!是月亮与地球的恋爱,诞生了哺乳动物和人类!他们领证了吗?!

他们当然没有领证。民政局不给发。所以,人类是"私生","私生"的人类最崇拜的却是太阳神!而对自己的父母,却没有那么景仰。人类喊着征服地球,征服月球!却没有谁说,征服太阳。恰仿佛我的宝宝,对我说:"你是我的奴隶!"她却从来没有这样说过她的幼儿园教师,甚至想都不敢想一想。

民政局为什么这样?因为亿万年来,太阳一直以月亮为妻。我们的文学,我们的宗教,我们的神话……一直是日月同辉,乌兔并举。我们一直把月儿嫁给了太阳哥哥。其实,我们蒙昧无知了!月亮是地球的女人,她只是和太阳哥哥抛了一个媚眼,好折射光芒给我们!月儿,一直是我们的牺牲与奉献!

以前,有一首美丽的歌,《月亮代表我的心》……"90 后"应该不熟悉。当时我还小,很小,常常纳闷儿,月亮变化多端,怎么代表忠贞?怪不得感情变化无常,都怪月亮!("都是月亮惹的祸")现在我才明白,月亮才是永恒

的恋人！她一直在陪伴！月亮才是忘我的恋人！她把光明全给了爱人,自己只留下了暗淡！

　　创世纪旧约,第四天分别明暗。神说,要有两个大光,大的管昼,小的司夜！于是,事就这样成了！多神奇啊！我们不知道真实的月亮诞生记！我们还是不要知道吧！如此这样想一想,就很奇妙娟好！为什么还要知道呢?！科学真是无趣！

　　前几日看到一个帖,说唐诗是日月的战争。我当时自然想到,周刘的石头记,也是月日的战争！人类就是这样稚嫩！天地本清明,无端起战争。日月很美丽,硝烟何处生？日月本来很好,亿万年运行如歌！战争,只是人心！日月也没有恋爱！亿万年只是守望！暧昧,依然是人心！

　　晨起！天阴四合,日月无光！于是,想念起月亮了！月儿可好！

　　各位是否花前月下,梦依然?！

解

2017 年 6 月 14 日

小时候背诵:"解落三秋叶,能开二月花。过江千尺浪,入竹万竿斜。"当时不知道"斜"为什么读"峡",为什么用"解",由此,永远记住了解!

解的本义是剖开。一把刀,牛和角分开,你会意了吗?会意了!你很聪明!现代西医有解剖,就是这个意思。那么,谁解剖了秋天的叶?

自然引申是解开某物的意思。解甲归田、解去大氅、解囊相赠、解衣推食,人类的一个动作……谁这么调皮,解落了叶子,还说是风呢?

进一步引申解除,终止。解放、解乏、解聘……上一个是物,这一个是主观感觉,兼人际关系。不好的,解除自然好。我觉得秋叶静美,月下轻盈……谁这么无趣,解除了叶与枝丫的合同?

另一个引申是解释,解析,解劝,就是分析明白的意思。古人说,传道授业解惑。这太重要了。对"问题儿童"如我,不啻天籁之音,神赐有光。而人生得一二解人,能析疑共度,岂不美哉!人生足矣!那么,秋叶何惑?谁为之解?解得明晰,却飘零而散?多遗憾啊!简直是经典悲剧!

一个字,解得吗?如上云云。解不得?如团雾雾!不想了,自然"风"清!想多了,可能"风"险!

今天,你拉风吗?

误

2017年6月15日

昨晚看河南杨老师的病例,猜错了!——错误,时刻伴随着我!

误从言从吴。百度百科里说吴是街头杂耍艺人,艺人语言误人以娱乐……不知所据。从言倒是真,大部分误会起自语言。

误字很奇特的一点,是千百年来,含义几乎没有变化,一直是与"正"相对,错误,谬误的意思;稍微引申,是耽误,迷惑。《左传》:郑以救公误之,遂失秦伯。可见其定义之早。中国历史源远,同一事物各种名称,同一名称各种含义,非常壮观。那一次到邯郸!邯郸说她的名字几千年没有变化,很奇特。我听了,也觉得奇特!泱泱五千年,应该是罕有其匹!

领会错了别人的意思,是误会。我明事以来,特别感慨的是,误会之多。天天发生,时刻上演,无分老幼,通吃无算!于是无语!张口就是误会,闭口……误会会少一点。我希望:不理解时,不要误解,存疑即可。可惜,人是很自我的动物!

学医之后发现,医学也太容易错误了。诊断易错,治疗易错……尤其是略复杂的病例。所有医生都有类似体验,已是必然。由是,自己谨言慎行,不敢轻易结论;而对坊间大言,也敬而远之。医生的最佳状态,不是无误,而是少误;是在不明确的情况下,能涵容兼纳;是以自己年轻时的错误,换来后续的相对正确。如果要求无误,那没有医学!

错误一律是负面吗?显然不是,有阴差阳错,看运气;而误中提高,则是必然。失败是成功之母,错误是前进之路。错误是必需的。以前刚毕业,对师弟师妹我会尽我所知去劝说,怕他们弯路。近几年作辅导员,我却不会和盘托出了。既然错误是必然,那早错是好事。

因为错误是前进的路,我对于不敢试错的人,总是无奈。这简直是自断前程啊！当然主要是教育失误所致。长期以来,我们没有教育理念教育学,有的只是暴力只是灌输只是应试。惩罚多了,乐趣没了,自然没人喜欢试一试。不过另一方面,也在个人。没有试错,一辈子故步自封,格局太小。失败,找错误,错误找原因,原因后避免,从而不再失败,积小成为大成……这是唯一且必然的路!

昨夜错误,今晨反思！我是不是还有希望?

今天,您准备误东风?

梦中的雨,滴滴答答的,顽皮寂寥

雨外的梦,安安静静的,绮艳空明.

楚凌書

羽

2017年6月17日

刚刚,小区里拾到一个羽毛,很大,可以做笔了。而且黑色主体中,杂有一块白色,很漂亮!

羽是鸟儿,禽类的毛,尤其是长的翎。羽对于鸟,是标志性的!我们难以想象,凤凰、孔雀、大雁……没有羽毛是什么样子。动画片里吗?太寒碜了!羽毛之于鸟,仿佛衣饰之于人,仿佛包包之于女人!

羽的重要功能是飞翔,而人不会飞。所以,人类的梦想就是肋生双翅,如虎添翼!其实,人的想象是很乏味的,只能依据既有的形象来猜想。所以,古人会想象坐在鸟背,想象神仙有翅膀,却永远也想象不出飞机。什么时候,想象能生出羽翼,脱离具象的桎梏呢?恐怕……我是空想。

鸟靠翎羽才能飞,所以羽引申为帮助。比如羽翼丰满,有深意。羽翩已就,是比喻。古人志向有的修身,是向自己内里;有的治国平天下,是向外界。这么大的事情,没有帮手不成。刘邦一统,有赖汉初三杰。刘备三分,亦有关张赵云。可见党羽之重要。

羽意味着远方,承载着梦想,所以可以为名为号。项羽、陆羽、关羽……话说,关张赵云,名字羽飞云,不是小说是历史是吗?怎么这么巧,命也夫?项羽也是神人,从天下统领到垓下之围,不过数年!如棋局,如戏剧,一看眼花缭乱,细思百感交集!一说项羽,就会想起项少龙!黄易这厮,把玩历史很容易,出入汉唐……有点儿黄!一个好友名号有羽——墨羽兄项颂雨,正待羽飞,祝福羽旄之美,羽节之隆!

另一个好友也神奇。她对羽毛,大翎很恐惧。这是我第一次知道,有人怕斑斓翎羽。由此可知,感觉之精微细腻,所爱之萝卜白菜!想要走入一个人的内心,真的不易!祝福她开心,不要羽裳之舞,不必羽翰之书!

父

2017年6月18日

父亲节！老爸们节日快乐！

父亲是自然身份，中外皆然。父亲也是社会身份，大家可能熟而不察（看户口本）。父亲有时是一种职位，基督教有神父，项羽有亚父……可见父字简单，其中却多方涵纳，细思并不简单！

早晨在群里，好友说，默默地给爸爸过节钱！另有好友问，为什么要默默！……只是简单地几句对话！我看着，却机锋毕现，佛心在焉。不禁感叹："与父亲的交流，实际上是与这个世界的交流，其中隐藏着人际交往密码，社会关系基因。我们的社会还不成熟，有时候，交流还有一些未然……家庭内，家庭外，大多如此！……而这是我们的哲学初心，是我们的社会本真！"

其实这里隐含着一个古老而时新的话题，如何做一个父亲。我理解，最好的回答，是鲁迅。他说，觉醒的人们，应先解放自己的孩子，"肩起黑暗的闸门，放他们到宽阔光明的地方，此后幸福地度日，合理地做人"。反之，如果束缚孩子，把黑暗强加，那社会如何，可想而知！我们从毛主席早年的父子关系，可以看出他一生的反抗。从张爱玲儿时受到的伤害，也可以预见她婚姻的悲剧。这份黑暗，曾经无处不在！去看电影《教父》吧！

节日，这有些沉重了……轻的，其实也正天天面对。比如，给孩子一个什么样的童年！报各种班吗？前几天《读者》，写了梁漱溟的孙辈回忆梁家的教育，让我非常赞赏！我想，应该是以梁之无欲放手，兼以曾之规箴引导，可谓圆融！我会如此努力！

父亲的自然身份，天然面对两个问题，是否真正让孩子独立，给孩子注入什么样的人格基因！我想，放手支持独立，注入积极、仁忍、合和、智志的

心态,才是唯一正确选择。由此,家国何忧！人类何苦！

父亲,这是一个注定要面对别离的身份！我将从容自省！也愿大家理智清醒！孩子,往往是父母的模拟或背反！而未来,尽在父亲、母亲的手中！

今天,你努力做父亲吧！

吵

2017 年 6 月 22 日

遇到几次争吵。一次是在和合谷吃饭，邻座妈妈带儿子写语文作业。据我观察，儿子挺聪明，题也会，就是慢一点，不太集中。他们接下来有一个"班"（多少无奈，都是报班惹的祸），妈妈着急，催促！一来二去，一个着急一个逆反，吵起来了！结果，作业没写好，班耽误了，心情还不好了！

一次是坐车。邻座年轻男女，应该是蜜月旅行……为了下一步的安排、车行……吵架！我觉得都是鸡毛蒜皮，结果偏偏都不松口。有人说，考验友情，可以用长途旅行。我看到了活生生的例子！我当时心里想，还是早分开吧！这样，没法过日子！

吵，是生活的一种方式，一种乐趣！东北人不太吵架，东北人喜欢动手！东北人的观念，吵架其实是彼此调情，彼此逗乐！没有什么是一顿拳脚解决不了的，如果有，那两顿拳脚。于是我吓跑了，离开了东北！大家明白我的意思了吗？吵，是文明，是一种进步！

吵，显然是形声字。不过很奇怪，少和口角横飞，正相反，估计"歪果仁"学汉字，会被迷惑！莫非是无言的争吵？看来，"冷战"真不是美苏专利。如果有时间，可以统计一下，这类字，就是构成与字义相反的字。大家想起了什么？告诉我！

我个人，不喜欢吵架，觉得瞎耽误功夫没效果，还影响心情食欲。所以，我敬而远之！当然有例外，如果有效果，吵架可以是一种手段；如果开心，吵架可以是一个调剂！

吵架有时候是亲友的特权。大家日常相处，客客气气，乍一看以为文明，其实是内心难掩的冷漠。回到家里，关起门来，吵得不可开交！所以，此时你幸福吧！吵架，说明他亲近你，爱你！由此可知，公共场合是一种文明，居家日常也是一种文明！而且后者，是骨子里的。张爱玲说历史是华

丽的袍儿……我觉得,家庭是华丽的吵!

　　历史上最著名的吵架是什么?大家说来一笑。我的记忆力严重不好,不记得美苏争吵,不记得战国纵横了!我的历史记忆,都是和谐童话!

　　各种雨,各种凉爽!天凉好个秋吗?秋,还早呢!不如趁着凉快,大家吵架?天凉好个吵!

恶

2017年6月25日

最近一场轰轰烈烈的事情，让我体会到了恶。

恶是一种评价，没有合理的理由对他人进行杀戮、压抑、打击、戕害，包括主观想象……都是恶。恶，无处不在。

不以恶小而为之。恶分大小。大的如希特勒，如日军在中国和东南亚……那个时代，人不如狗。小的比如不善良的冷漠、恶意的嘲讽、小人物的落井下石，点点滴滴的破坏公共……太多了！只能学会淡化，否则只有死亡一途！这种淡化，其实，也是一种懦弱的恶！

恶有的有后果，有的仅仅是意念。法律讲究事实，一般而言观念不犯罪。价值体系里，意念、想法、思维，必然有高下善恶。

施恶的人，有一些是自知。雍正说无心为恶，就是这个意思。自知而施恶，肯定是恶上加恶。不自知而行恶，也是客观的恶。因此，"无心为恶，虽恶不罚"，也是一种恶。而西方的精神病人犯病时杀人，不处罚，我觉得是虚伪的善良。恶的主观性，有一些无从判断。所以，对事不对人，问行不问心，有时候，是明智之举！否则，主观推测，也会衍生出恶！

受害者……唉！有谁例外呢？有情皆孽，无人不冤。所有人都经历过"被"恶。如果不选择宽恕和忘怀，如果不能释然而超脱，那些心不安，一生炼狱！当然，对事实行为，惩罚是必需的。这与宽恕无关。只有施恶者得到了应有的惩罚，并被真心实行，有所悔过，才可以宽恕。鲁迅遗嘱说，一个都不宽恕！恰恰针对的，是恶的死不悔改！

最具欺骗性的恶，都是以爱、以善、以美好的名义！西方政治理念里，一句名言：多少不义，是以民主的名义！鞭辟入里，西方假民主啊！中国家庭中，天天重复：都是为了你好！久而麻木！……其实，是一种剥夺，是一

种恶!

恶,是必然的!人性蕴含的恶,和生理疾病一样,永远伴随着人类。理性者,只能客观面对!没有希望了吗?可以有梦想!人类历史上,最大的进步,就是把公权力这只"老虎",放进"笼子"里!就此而言,我们比欧美老百姓,幸福多了!

恶也有假的。误会别人施恶,是一种。误会自己被恶,也是一种。心理学有迫害妄想。我还真遇到过把自己想象为被迫害者,获得心理满足和不明者的支持,挺好玩儿的!如果不是真正的心理疾病,让类似……一边玩儿去,是最佳选择!

美好的早晨,你准备无恶不作,还是恶贯满盈?还是十恶不赦,还是怙恶不悛?想金庸了!时无武侠,但有黑色幽默!大家开心!

常

2017 年 6 月 27 日

这个字稀松平常,没什么可说的。果然没什么可说的吗?

一层是平常,就是一般的,多见的,普通的状态。看着简单,平常二字可以套用是山,不是山,还是山三层境界。比如下棋。边角落一子,我下,只是平常。常昊下,是不平常。阿老师看常昊呢?只是平常。我们会说平常心。这就是境界了。可能真是普通,也可能是苏子的绚烂归来,不得了!

一层是正常。这是循理的判断,适合的正确的状态。这个大家也会觉得无他。其实不然。要看内在和外在。内在失衡的人,保持正常不容易。类似腿部残疾,正常行路而不能。外在好理解,却难做到。比如泰山崩于面前而色不改……这个吹吹牛还行,不敢想象。

常态,是我们天天的状态,一般不觉得什么。不过,如果我形容你"饮食如常"……你体会一下!之前发生了什么天翻地覆打破了常态?而今竟然只是"如",怎么才能是?未来会如何?这有一点类似春秋笔法!不经历不知道。比如我以前没有鼻炎,不知道正常喘气儿的幸福。后来得了才知道,喘息之间,我欲止常而不得,太苦恼了!常,只有不常了才知道它的珍贵!

当然事物在发展变化,打破常,有时候是必需的路。不破不立嘛!这时候由常渐变,因变思常,常而通变,以变为常……这有哲学味道了!所以容易,变易,不易,背后只是常而已!

人到中年,求新历变依然是本性。比如我转帖的核武器子弹,满满新鲜感!不过也懂得了,常的可贵。平常,正常,常态,常识……比对立面,常常更重要!一叹……有些事,当时只道是平常。有些人,繁华落尽不正常。有些境,午夜梦回似无常!人生不只是青年美,中年悟了或误了,都很美!

常常想起,佛家皈依时,方丈会宣读戒律。读完一条,会问即将皈依的弟子:汝能持否？能持,就是能否变为常的意思。可见,修行并不神秘,也不必历劫,只要守常就好了！李大钊,字守常,果然好名字！

各位傍晚安好！京华欲雨,天阴如盖,一改往常！

平常的傍晚,大家正常情况下,都正常吗？

按:《夏的每日修》断断续续写,朋友断断续续读,有的在下面留言、讨论,也是每天乐趣。一个要好朋友非常关注,把她手机进行了截图,做成了彩色小册子,很精致,让我非常感动。友朋之道,就是在这样的点滴之中。谨致谢意和敬意！

后记一

出版社嘱咐我写一下后记。

正好我在空间转帖,纪念诗人伊蕾。同道鲁炳怀老师在帖子下留言。鲁和我专业相同,年龄相仿,志趣相类,交流相与。他的文学功力,远在我之上。我这篇后记,索性借鲁老师青云。

鲁老师留言:

诗歌慢慢成为自娱自乐的摆设,如此下去,多数人只能感动自己。只能感动自己的文字,无法引人共鸣,也容易被文学史遗忘。

诗歌到唐代,严整的近体诗达到高峰,到形式略显灵活但韵律严谨五代宋词,再到民间化的格式松散的元曲(短小易诵,像《天净沙·秋思》一类的精美绝伦的元曲其实并不多见,多数意趣单调,渐渐俗化)。诗人不复像唐人一样用生命来做诗。再到近代的自由诗、朦胧诗,许多自说自话的作品,乏善可陈。有一些透着光芒的小诗,也不能掩盖整体水平的陷落。今天,即使最乐观的评介,也不得不承认诗歌与诗人被渐渐边缘化了。我想,就诗歌而言,首先是有韵律的,读起来富于美感,"言之无文,行之不远"。挣脱音韵的绳索未必是好事。戴着枷锁,有所规范,也许更可能跳出绝美的舞蹈。

鲁老师的留言,或有道理。貌似自由,不一定长久;戴着枷锁,却可能辉煌。而唐人用生命点燃的诗意诗艺,自然流芳千古。

当然这里也有时代的因素。一方面唐代以诗歌取士,庙堂的号召力,还是非常大;另一方面后续时代,明心见性的方式逐渐多了,诗歌的没落有一定的必然性。近古、近现代,小说、戏剧方兴未艾,舞台、银幕各逞英雄,诗歌退居一隅、返归象牙,也属正常。如果按照我的观点,一切流行歌曲歌

词,都可以以诗观之,那诗歌的范围、影响依然宏大,更不必说方文山的素颜韵脚词——以诗观之,并不是我独有的观念。

另外,仅仅感动自己,终被遗忘……这样也没什么不好,总比沉默、黯淡、作茧自缚一辈子……要强一些。在自己的时代闪耀过,就很好了。这里涉及文学作品的影响范围。其实,唐诗是每个唐朝人都读、都喜欢的吗?这自然无考,但逻辑推测,不识字的肯定多数——还是没读过的多。读了的也未必都喜欢——总会有例外。所以,当我们赞叹、推举盛唐的诗歌瑰丽时,也不必为今人担忧——今人诗歌,没准阅读的绝对人数,超过了唐代呢! ——当然也是推测,乐观就好、充满希望。

还有一点,是写作追求。我相信大多数写作者,都希望自己的文字永恒。但,永恒太难了……设想特殊的情况,比如汉族被夷灭,那恐怕汉字载负的所有意象、美丽都会消失。这不是危言耸听——多少民族消失了、多少文字无存了、多少出土文字至今未解。所以,追求永恒是一方面,能不能永恒是另一方面。我相信唐诗、宋词会永恒,我也相信"黑夜给了我黑色的眼睛"、"乡愁是一枚小小的邮票""看风景的人在楼上看你"会永恒。纵使不能永恒,今人努力让作品离永恒近一些,也是一种美、一种执着!

谨以上面的对话,求各位教正。并为后记。

特别感谢爱人、家人对我的宽容与鼓励,感谢各位朋友对我的关注和支持!也特别感谢出版方的帮助与倾心,特别感谢各位读者——你们的理解与厚爱,是我的运富与荣光!

后记二

按：后记二和后记三，是最初结集《登舟望秋月》的后记。此时一读，多少有一些意味，所以附后。除了一些基本信息调整之外，文字无改，一仍旧貌。

我并非不能已于言之人。从文学角度看，前面的随意文字也没有多少值得圈点之处。之所以结集，只是为了记录自己的真实感受。

世事纷繁，白云苍狗！人生总是惊喜和无奈交织着呈现，有时甚至会无厘头。我正值壮年，未能不惑，也并未万事超脱，有些感慨、感受在情理之中。不过我也时时在修习内功，将一些肝火内化为无形，超脱视野于小宇宙之外，提升水平以适应时势转换。我相信知性、智慧、坚守和爱！

所以，如果您从前面的文字读出了烟火气，请您一定告诉我。这说明我的文字还需要锤炼，您读到的词句或者真有火气，还不够平和，或者因表达不清而令人产生了误解。

特别欣赏汪曾祺老先生，希望自己可以修炼到他那样的境界。老先生可谓命运多舛，然而靠自己的智慧和努力，取得了令文坛歆羡不已的成就。这里引用他的两首诗作结。二诗既可以看到他作为现代文学家的古诗文功底，也可以看到他的思想境界和历经劫难后的超脱淡然。其诗云：

桂湖老桂发新枝，湖上升庵旧有祠。
一种风流谁得似，状元词曲罪臣诗。

红桃曾照秦时,月黄菊重开陶令花。
大乱十年成一梦,与君安坐吃擂茶。

西元2013年元旦

后记三

《登舟望秋月》自己印出后,将之作为新年礼物敬奉给几位师长好友。本想只在小范围内发放,不敢惊动太多。不意之后竟屡有好友索取和赞赏,令我不胜欣喜!特此致谢!

也有好友细读并给我具体建议,让我欣喜之后还有进益,真真不胜感激之至!最让我感动的是任琳和她的家人读后给我的评价。概括而言:读书不少,纯诗不多,怀才不遇,胸无大志!

旨哉斯言!试解释一二!

读书不少:过奖了!其实书海无涯!我因喜欢而恣意畅游,本是率性而为,因此谈不上多少!如果和系统性阅读相比,那更是霄壤之别了。

纯诗不多:确实如此,符合格律的很少,多属打油。

怀才不遇:才不敢当!其实国人从来不乏千里马,我们缺少的是培养千里马的环境,让千里马脱颖而出的机制以及让千里马纵横驰骋的疆场!我自己,驽马拉破车而已,谈不上遇和不遇。退一步讲,其实古人的发展机会很少,真的怀才不遇时,很有可能就老死而名不见经传。而我们这一代是幸福的一代,机会、途径比古人不知多出多少。所以,今天的语境里,怀才不遇有点儿像一个自欺欺人的伪命题。真的有才,还傻等什么啊?!

胸无大志:于我而言,这一点倒是有一些波折的。高中以前,老师猛劲强力地灌输要立大志。是故我也曾经有过大志。后来,经历了生命中的生死轮回之后,以前立的大志就断然放弃了。现在我明白,志向要踏实,和自己的旨趣能力、外部环境相称,才有实现的可能性!所以如果大志指不切实际的空泛志向,那我现在确实没有了。但如果志向指具体的人生、工作目标,那我不但有,而且还正在一步一步踏踏实实地实现!

同学李玉林(在美)看到我的稿子后,也发来邮件共鸣。下面是他邮件的全文:

宁兄,够神的。

几个月前还和这里我带的一个本科生聊天。她说我是个 Nerd。大意是聪明,崇尚科学和技术的理工科的呆男生。Stanford 有时自称为 Nerd Nation,在这里 Nerd 没有什么贬义。我笑一笑,也没法说什么。在生物医学的咸菜缸里腌了二十年了。我看起来确实是个 Nerd。

读过很多外国的东西以后,我确实同意你的说法,中国的文学不输给任何别的文化。我喜欢宋词,单纯一句:"若问闲愁都几许?一川烟草,满城风絮,梅子黄时雨。"就够感叹半天。有时候我就想,我的儿子,没有文化的背景依托,可能是没有机会体会宋词的优美了。我喜欢郁达夫,无论文章还是生活都是传奇,不落后任何同时期得诺贝尔文学奖的外国人。《红楼梦》也的确不输《战争与和平》。别人说过在托尔斯泰后面的人都应该停止写作,这评价同样适用于曹雪芹。

其实,现在国内是一个壮观的转折时代。能够忠实地记录这个时代里普通人的生活和内心世界,是一个伟大作家的命运召唤。虽然骨子里咱不是 Nerd,多年来书也读得不少,可惜仍然是一头只吃草不产奶的公牛。现在每天里为生存忙忙碌碌,也少时间感叹。嗨,我还是安心做一个 Nerd 吧。

忘说了,新年合家快乐。问杨玲和宝宝新年好!

西元 2013 年 2 月 11 日

按:所引"若问闲愁"句(有说应该是"试问闲愁"),出自北宋贺铸《青玉案·横塘路》。当时贺住在苏州盘门南 10 里,邂逅一位妙女子,却不能识遇,因而有所感。全词内容:

凌波不过横塘路。但目送、芳尘去。锦瑟华年谁与度？月台花榭，琐窗朱户。只有春知处。

碧云冉冉蘅皋暮。彩笔新题断肠句。若问闲情都几许？一川烟草，满城风絮。梅子黄时雨。

玉林兄冰雪聪明，不过乍看起来"粗直憨莽"，丝毫也不"玉树临风"，容易让人误解是 Nerd。第一印象多么容易骗人啊！

看他邮件，锦心绣口又丰神内敛，让我佩服之至！

西元 2013 年 2 月 13 日记，2014 年 2 月 19 日改

前辈温老师（我原单位的老师）提示我，《我的文字缘》中订阅报纸的订，都写成"定"了。我一看，果然 3 处全错。正所谓一字之师，多谢温老师！温老师和钟老师多年对我爱护有加，非常感动！

此外也不禁感慨，文字的"游戏"，还真得细心、素心！

2013 年 7 月 24 日记

度了尘缘度苍茫
　蒲团老衲肉皮囊

　　　　　　　钱海鹏

于非鱼，却知鱼之乐

艳曾雁，正是雁南飞

　　　　　　好友 于艳宇